怪奇異聞帖
隙窺いの路

神沼三平太

竹書房
怪談
文庫

※本書は体験者および関係者に実際に取材した内容をもとに書き綴られた怪談集です。体験者の記憶と主観のもとに再現されたものであり、掲載するすべてを事実と認定するものではございません。あらかじめご了承ください。

※本書に登場する人物名は、様々な事情を考慮してすべて仮名にしてあります。また、作中に登場する体験者の記憶と体験当時の世相を鑑み、極力当時の様相を再現するよう心がけています。今日の見地においては若干耳慣れない言葉・表記が記載される場合がございますが、これらは差別・侮蔑を助長する意図に基づくものではございません。

本書の怪談記事作成に当たって、快く取材に応じていただいた方々、体験談を提供していただいた方々に感謝の意を述べるとともに、本書の作成に関わられた関係者各位の霊的無事をお祈り申し上げます。

まえがき

彼方《かなた》へふらふら此方《こなた》へふらふらと、好奇心を心の恃《たの》みとした興味本位の怪異体験聞き取りを始めてもう何年になるだろう。結果、聞き集めては書き記しを繰り返し、書籍にまとめた話だけでも二千五百話ほどに上る。それでも怪異体験は尽きる気配さえない。

聞き集めて思うのは、怪異は隙を狙っていることだ。どんなに気を払っていても、気を抜かずにいられる人間はおらず、怪異に対して万全の対策をし続ける日常を送る者もいない。怪異はその隙をずっと窺《うかが》っている。

お気付きでしょうか。貴方が歩んでいるのは隙窺いの路。其は今までもこれからも、死ぬまで続く危うき小路。

覗くのは彼方。歩むのは貴方。ゆめゆめ怪異に心許す勿《なか》れ。

それではいつものことではありますが、本書を通じて何が起きても恨みっこなし。

お互い無事でしたら、再度巻末でお目にかかりましょう。

著者

目次

犠牲者あり

的場さんが警備会社に勤めていた頃の体験。

その会社では、毎年季節毎に警察から数枚のリストが配布された。それには指名手配されている車のナンバーや型番などが載っている。的場さんの仕事場は南関東なので、渡されるのは、その地域では珍しい九州や大阪のナンバーのものだ。

当たり屋、空き巣、車上荒らし、轢《ひ》き逃げ、特殊詐欺などの容疑も記載されている。どうやら犯罪者は一箇所に留まっているのではなく、季節毎に全国を巡って犯罪行為を行っているらしい。

屋内の警備では特に関係はないが、屋外、特に交通整理などの路上での警備は、一日中道路で定点観測をしているようなものだ。

例えば首都圏では福岡ナンバーの車は珍しいので、路上で作業していればすぐにピンと来る。ナンバーの一部がマジックで塗られたり書き足されたりと、色々誤魔化されている車もあるが、そこまで誤魔化し切れるものではない。

リストには車種やボディカラーの記載もある。大抵は古い型番の車で、外見は汚い。的場さん曰く、ガソリンスタンドにも同じようなリストが回っているからではないかとのことだった。

「もし警備してて気になったら、通報するから連絡してください」

現場監督からリストのコピーが手渡された。

「またこの時期かぁ」

「犯罪旅団なぁ」

およそ一カ月で次の土地に移るので、そんな呼ばれ方をしている。

その日の仕事は昼間の片側交互通行での誘導だった。

距離のある片側通行では、仮設信号機を置くこともあるが、今回は数日程度の工事なので、人力での誘導だ。

視覚に頼れないので、お互いに無線でやりとりをすることになる。

片側交互通行の両端だけでなく、周りの枝道にも警備員が配置されている。彼らも勿論無線機を持たされているし、警備員の会話が気になるのか、そのときは何故か現場監督も無線を持っていた。

信号の状態や上下線の車の量を把握しながら誘導を行う。

周囲との情報のやりとりは無線機で続ける。

的場さんの無線に、相方となる誘導員の声が聞こえた。

「あのさぁ、何台か並んだ車の後部座席なんだけど、縄で縛られた人が暴れてるんだが」

事案だろうか。無線越しにも緊張が走ったのが感じられる。

「あぁ、悲鳴聞こえるね。これヤバいっすよ」

こちらは枝道に配された警備員だ。

「途中で交通規制してるとこにそいつ誘導してもらえる？」

混乱が拍車を掛ける前に、監督からの指示が飛んだ。普段であればそのままリストの車も通過させて、夜に事務所から警察に連絡を入れるのだが、どうも好奇心が勝ったようだ。

すぐ目の前に交番があるのも理由の一つだろう。

もしかしたら、本人が無線を直接聞いていたことも影響があったのかもしれない。

警備員達は指示に従って、工事現場内へとその車を誘導することになった。

「ナンバーは？」

「えっと、白の０８。福岡ナンバー」

車の色とナンバーの最後を報告する。

すると、先日配布されたリストを見ていた何人かは心当たりがあるようだった。

「足、俺も見えました。あれヤバいって。女の足だ」

中継の一人が無線にそう言いながら、パイロンを退《ど》かした。

その車の前に立って誘導を開始した。

そんな個別の誘導が行われれば、無視して抜けていこうとするものだが、この車の前に立ち塞がったのは元警官の警備員だ。

上手いものだ。車の他の流れも確保しながら誘導した。

「お巡りさん呼んできたよ」

そのタイミングで監督が目の前の交番から警官を呼んできたらしい。

無線経由では詳しい状況が伝わってこない。

警備を担当している的場さんの元にはがなり立てる罵声や、エンジンを吹かす音が聞こえてくる。

監督や誘導した作業員が怪我でもさせられるのではないかとハラハラしていると、パトカーが何台もやってきて次々と工事区間に入っていく。

——これは大事件なのでは？

やきもきしていると、やっと交代が来た。状況を軽く説明して引き継ぎをしてから監督の元に走った。最初に気付いた相方の警備員が真っ青な顔をしていた。

監督と警官は話をしていたが、暫《しばら》くして監督から誘導担当の警備員達が呼ばれた。

「お手柄だってさ。でも予想以上のことで、警察もここから動けないらしくて、工事はちょっと止まっちゃうみたい。今日はもう工事のほうが一段落したら、警察に任せて帰ってもいいかな。とりあえず今からすぐ埋め戻して舗装ね」

監督は軽い調子で指示を出したが、工事が止まるのは大ごとである。

心配している的場さんの表情に気が付いたのか、監督が続けた。

「大丈夫大丈夫。俺がその車止めてって伝えたんだから。気にしないで。大丈夫なようにこちらで調整するから。そこは責任者の仕事」

作業員の何人かは、監督の言葉を聞いて、その場からすぐに解散した。きっと関わりを持ちたくないのだろう。

悲鳴を聞いていた枝道の警備員が、おずおずと手を上げた。

「ん。どうしたの？」

「あの。暴れていた車の中の人、どうだったんですか」

的場さんもそれが気になっていた。

「足まで見えてたけど、そんな女、いなかったんだよね」

監督が煮え切らないような顔をした。

該当の車には運転席と助手席にしか乗員がおらず、後部座席には誰もいなかったというのだ。

「え？　それじゃ、あの悲鳴は？」

こちらも無線経由で何人もの作業員が聞いている。

「女の〈助けて〉って悲鳴だったよな」

的場さんがそう補足すると、監督は困った顔を見せた。

「俺もそれ聞こえたんだよ。誘導したときも、後部座席でジタバタする足が見えてたんだ。でもさ、俺が警官呼んできたじゃん？　それからパトカーも来て、わーっとあの車を囲んでさ。そうしたら誰もいなかったんだよね」

「でも――」

そこに口を挟んだのは、車を規制区間に案内した元警官の警備員だった。彼は青い顔をしていた。

「車のナンバーもおかしかったんですよね。それに、トランクの中に詰まっていたブルーシート。あれ死体じゃないかなぁ。ちょうどそんなサイズだったんですよ」

詳しく訊くと、警察がトランクから運んでいったのは、青い防水シートで包まれた百六十センチほどの長さのものだった。

他にも貴金属類が大量にあったのを監督が確認している。

後日、警察からお礼があったらしい。

ただ、元警官が指摘したブルーシートは死体ではなく、血塗《ちまみ》れの毛布が複数詰め込まれた物だったようだ。

「事件の臭いはするけど――。これ以上は警察は何も教えてくれないんだよね」

監督によれば、犯罪の手口を発表すると、警察側が動向を掴んでいることを犯罪者側にも知られてしまうので、一般的にはニュースにもしないのだとか。

「ま、今回もそういう類のことになるんじゃないかな。それにしても、昼間でも幽霊ってのは見えるもんだね。しかも無線経由で声まで聞こえるんだ」

監督は妙に感慨深げな顔をしていた。

以降、非道な真似をする連中に目を付けられたくないからと、そこは人が居着かない現場となった。的場さんの証言によれば、その現場では、たまに無線に女の悲鳴が入るらしい。

「——あと一つ。例の枝道の警備員いたじゃないですか。最初に女の悲鳴が聞こえるって言った奴。あいつ、事件以降、周りから変なことを指摘されるようになったんですよ」

彼の隣に立つ女性が悲鳴を上げているから——と、何度も通報されて迷惑しているというのだ。

実際、通報を受けた警察から、何度も取り調べを受けている。

ただ毎回、そんな女性はいなかったとの結論になるという。

「そんなこともあって、あいつガリガリに痩せちゃってて。俺達は、あの車から何かが移ってきたんだと思ってるんですけど——。本当に迷惑な話ですよね」

食べちゃ駄目だよ

過去に不思議な体験をしましたと、稔さんは声を潜めた。

「もう十五年くらい前のことなんですけれども、当時、山手線の東側に住んでまして、二階建ての古いアパートだったんですよ。それまで大学の先輩が住んでいた部屋を、就職で引っ越す際に引き継いで、そのままそこに僕が住んだ感じです」

その先輩は、ここにある荷物は全部お前にやるからと言い残し、多くの私物を置きっぱなしのまま出ていった。

今から考えると単に粗大ゴミの処分を肩代わりさせられたような気もする。

だが、その部屋は駅からも徒歩圏内で、商店街もあって便が良く、日当たりの良い二階の東南角部屋。とどめに家賃も安かった。つまり最高の物件だったのだ。

稔さんはそのまま住み続けた。ただ、住み始めてから一つ気付いたことがあった。部屋のちょうど半分が妙に寒いのだ。最初は気のせいかと思っていたが、温度計で確認してみると、一つの部屋なのにも拘らず、暖かい側と寒い側で少なくとも室温が二度ほど違っていた。外気温や何かの具合で壁が冷えているのか、それとも隙間風が入ってきているのかと疑ったりもしたが、どうもそうではない。

その上気温の低い側は、異様というか、奇妙というか、不思議というか、ともかく空気感が普通ではなかった。

やけに落ち着かないのだ。


更に住み続けていると、よく金縛りに遭うようになった。

元来稔さんには霊感はおろか、金縛りの経験など全くなかった。しかし、その部屋で暮らすようになってからは、毎晩のように金縛りに遭うようになった。

夜だけではない。昼間でも何かの気配を感じる。

まさか自分がそんなことに悩まされるとは思ってもいなかったが、明らかに壁の中を人が通り抜けていく気配を感じるし、ざわざわとした話し声も聞こえる。

これはおかしいだろうと、自分の脳を疑うようになった。

だが、自分の部屋以外ではそんなものは感じることもないのだ。稔さんは、自分の部屋が妙なことになっているのではないかと仮説を立てた。

「金縛りに遭ったことがある人は分かるかもしれませんけれど――」

稔さんは繰り返し金縛りに遭い続けるようになって、一つ気が付いたことがある。金縛りには「あ、来るな」という予感のようなものがあるのだ。

布団に横になっていると、これから金縛りが足のほうから来る、今日は胸の辺りから来ると感じるのだ。しかもそれが当たるようになってくると、金縛り自体はそこまで怖くなくなった。

「あと、慣れて落ち着いて対処できるようになれば、指先ぐらいは動かせるんですよ」

試行錯誤の末、身体を動かすための力を掛けるタイミングが分かるのだそうだ。まるで知恵の輪である。

だが、流石の稔さんも、目を開けるのは怖かった。明らかに見てはいけないものが見えそうな感じがしていたからだ。

金縛りに遭う。その直後にそれを解く。またすぐに金縛りに遭う。それを一晩に何度も繰り返す。

そうやって毎晩毎晩練習していると、金縛りを解くコツが分かってきた。

金縛りの最中にはすぐ脇に人――恐らく幽霊――がいる。彼はその幽霊を捕まえたらどうなるのだろうと思いついた。その頃には自在に金縛りが解けるようになっていた。

ある夜、稔さんは金縛りの最中に、覚悟を決めて目を開けた。相手を捕らえるにはその姿を確認しないといけない。

目を開いた瞬間、逃げていくような足音が聞こえた。

――惜しい。

今回は逃げられたが、次はいけるだろうか。

その夜、またいつも通りに金縛りが始まった。目を開ける。するとその気配に気付いてか、また逃げていくような気配がした。

――失敗。次はもっと上手くやる。

次は、目を開けた瞬間に、気配のほうに手を伸ばした。

指先が何かを捕まえた。風船のような空気の塊だが、質量がある。両手で捕まえた指先で、絞るようにして力を掛けていく。

内側から現れるようにして人の顔がゆっくりと形作られていく。どうも子供の顔のようだ。

稔さんはどうしていいのか分からず、それに口を近付けていった。

最終的に、彼はそれを吸い込んだ。雑味のある薄甘い味が口中に広がった。


「――それがですね、不思議な感じで。あの、何て表現したらいいんでしょうね、吸い込んだ瞬間に、全身にエネルギーが一気に漲《みなぎ》ってくるような感じだったんですよ」

幽霊を吸い込んだ翌日は、一日中ずっと気力に満ち溢れていた。

仕事で疲れたときは、エナジードリンクなども飲んでいたが、全く比較にならない。

とにかく疲労を感じないのだ。一日中元気に過ごせた。

これは不思議な体験だった。

次の夜もまた金縛りが起きた。昨夜の要領で捕まえたら、今度は大人の男性だった。

稔さんはまた吸い込んだ。

再び全身がエネルギーに満たされた。

――間違いない。

幽霊を吸い込むと、元気になる。

稔さんは確信した。

とはいえ、彼としても毎晩幽霊を吸うのも如何なものかとは思ったので、ここぞというときに幽霊を捕まえて吸うという生活を送ることになった。

ただ、気になることはあった。

一つは爪全体が徐々に黒ずんできたことだ。これ自体は偶然かもしれない。特段痛みがある訳でもない。色が少しずつ黒く染まってきただけの話だ。

もう一つは身内に不幸が続いたことだ。

幽霊を吸うようになってから、月に一度は葬儀に出ている。それが半年近く続くと、どうも嫌な気持ちになる。

偶然とはいえ気持ちが悪い。

――お祓いとか行ったほうが良いのかな。

親族全体のことなので、自分一人で行ったところで変わらないかもしれない。

そんなことを考えながら、近所を散歩していたときのことだった。

彼の住んでいるアパートの近隣は、寺町と言えるほど様々な神社があり、中には名の知れた寺社もあった。

彼は散歩の途中で不意にその辺りに出てしまった。意図的なものではない。単に行き先も決めずにフラフラしていたら、そちらに導かれたような感じである。

稔さんは、暫く歩けばまた知った道に出るだろうと思って、更に歩き続けた。

すると、妙に汚らしい格好の和装の老婆が小走りに近寄ってきた。

何事かと思っているうちに、彼女は稔さんの腕を掴んだ。

「食べちゃダメだよ！　そんなもの食べちゃダメだよ！」

必死の形相である。

一体何の話だ。彼の困惑をよそに、絶対に食べちゃダメだと言い含めるように何度も繰り返し、老婆は何処かへ去っていった。

――食べちゃいけないものって、何だ。

暫く考えたが、思い当たるのはあれだけだ。

しかし、誰にも喋ってもいないのに、何故見も知らぬ老婆がこちらのことを知っているのだろう。

稔さんの全身に鳥肌が浮き出ていた。

やはりお祓いを受けたほうが良いだろう。あと相談できそうな人がいたら相談したほうがいいかもしれない。

彼は近隣でも一番大きな神社でお祓いを受けた後で、知り合いの伝手を辿って、ある高名な占い師からアドバイスを受けることができた。やはり幽霊のようなものは絶対に身体の内側に取り込んではいけないらしい。それを繰り返すと、取り込んだ本人だけではなく、一族全体が呪われるというのだ。

それ以来、稔さんは幽霊を口にしていない。

アパートも解約した。今住んでいる部屋では一度も金縛りを体験したことはない。

「——ただ、やっぱりあの味は忘れられないんですよね」

その言葉とともに、稔さんは恍惚《こうこつ》とした表情を浮かべた。

何かが跡を付けてくる

「何かが後ろを付いてくるってな怪談話は聞いたことがあるだろ」

有朋さんは、白髪頭を短く刈り込んだ七十絡みの男性だ。

「余り表立って宣伝したりはしてないけどね、俺には霊感ってのがあるんだ。まぁ、信じてもらえるかは分からんがね。それで度々霊に跡を付けられることがある。そうさな、例えば夜道で歩いてたら急にコツコツってヒールの音が聞こえて、振り返ると止まる。誰もいないなんてことはしょっちゅうだよ。でも大体はやり過ごせるんだが、無害な奴ばかりじゃなくてなぁ。この前病院に入ったときの奴がやばかったんだわ――」

膝の調子が悪く酷く痛むので、有朋さんは普段通っている整形外科から紹介状を出してもらって、とある大学病院に入院した。診断の結果、膝に大分水が溜まっており、要手術だと言われた。

「で、その入院中の夜中に便所に立ったときだよ。昼間の検査だの何だのは車椅子で移動するから、おねえちゃん、嫌々看護婦だな。今は看護師って呼ぶんだっけ？　まぁ、どっちでもいいか。ナースコールで看護師を呼ぶんだが、流石に真夜中に俺みたいなクソジジイに呼ばれても嫌だろうと思ってよ。トイレまで押してもらうってのも恥ずかしいしな」

こっちも小便の音なんざ、若いおねえちゃんに聞かれたかねぇんだよ。

有朋さんは懐から煙草を取り出した。

「まぁ、ついでに隠しといた煙草を吸いたいってのもあった」

むしろこちらのほうが主目的だ。

車椅子を出して移動することも考えたが、点滴が絡むので、松葉杖を使って移動することにした。

「でもよう、これが大変でなぁ。足も腰も痛むけど仕方ねぇ。頑張るしかなかったのよ。廊下で漏らす訳にもいかんだろ？　漏らしたら次からは強制的にオムツだもんよ」

煙草を口に咥《くわ》えて、ライターで火を点けようとするが、なかなか火が点かない。

暫し格闘して、やっと煙草の先に赤く火が点いた。

有朋さんは横を向いて煙を吐き出した。

トイレで用を足した後で、有朋さんは今度はエレベーター前へと移動を開始した。彼の病室は五階にあり、喫煙室は一階だ。

痛む膝を庇いながら、松葉杖でえっちらおっちら歩いていく。

額に汗が滲んだ。

ただ移動中に一つ気になることがあった。トイレを出たところからペタペタという裸足の足音が背後を付いてきているのだ。

この病院には何体か霊がいるのを確認している。医療関係者や患者達の間をただうろうろしているだけで、特に害があるものではない。

有朋さんは、いつもの奴だなと、無視を決め込むことにした。

ここで振り返ったりして、存在に気付いてますよという信号を発すると、相手は何処までも付いてくる。肩を叩いたり、服を引っ張ったりと面倒くさいことこの上ない。

気を惹こうとするのだろう。

「――だがなぁ」

有朋さんは咥え煙草のまま、白髪頭をボリボリと掻《か》いた。

「こんときも無視はしたんだが、エレベーターの扉の表面がピカピカでな、俺の後ろが映っちまったんだわ。映ってたのは四つん這いの婆さんだった。病院着を着て、手足が骨と皮ばかりのガリガリで、足にはスリッパも履いていない婆さんが、足元から俺のことを見上げてたのさ。俺も白内障持ちで目が悪いから、そこまで鮮明に見えるわきゃないんだけどよ、霊感ってのは目が悪くても多少視界が悪くても補正してくんのよ」

婆さんは有朋さんの足元をうろうろしていた。ペタペタという音は、後ろだけではなく、彼の足元からしていた訳だ。

下を見ないようにしながらエレベーターを待つ。

少しすると、小さくエレベーターが到着した音がして、扉が開いた。

エレベーターの奥には、四つん這いの若い男が壁に背を凭《もた》れるようにしていた。

「こっちのにいちゃんは、二十代くらいの奴で、ちょっとチャラそうなんだが、手足の向きがおかしくなっててな。血でドロドロになってて目も虚ろだし、茶色に染めた髪もざんばら。ああ、交通事故で死んだんだろうなって思ったよ」

冗談じゃない。

どちらも四つん這いなんて、幽霊にも流行があるのだろうか。

だが、ここでエレベーターに乗らないと二人に気付かれる。幸いエレベーターはベッドが入るほどの広さがあり、若い男は奥にいるから、手前に乗れば大丈夫と判断した。

今考えると浅はかだとしか思えない。

有朋さんは足を踏み出してエレベーターに乗ると、一階のボタンを押した。

幸いエレベーターの中は血の臭いこそしなかったが、線香臭くて堪らなかった。

早く着いてくれと願いながら、入ってすぐに若い男に背を向けていると、足元のペタペタという音が離れていった。

すぐに奥のほうで男の声と婆さんの会話が始まった。

「今日は天気が良いですね」

「寒くなりましたね」

まるで顔見知りの見舞い客同士の会話のようだ。

それが怖くて有朋さんはぎゅっと目を瞑《つぶ》った。


一階でエレベーターを出たが、二人分の気配が跡を付けてくる。

——増えちまいやがった。

悔やみながらも喫煙室に入る。何故か四つん這いの二人もするりと扉の隙間から入ってきた。

煙草は一分も吸っていられなかった。

足元で雑談が続いているが、その会話が微妙に噛み合っていない。

孫がどうのという話をする老婆と、車に乗っていたはずなのに、何で俺は病院にいるんですかと問う若い男。

膝くらいの高さで、その会話が続いている。

こんなにも長く霊が話しているのを聞いたことがなかった。

精神がおかしくなってしまったかと絶望的な気分になりながら、煙草を揉み消した。

有朋さんは松葉杖に寄りかかるようにして、エレベーターに向かった。


「それが、婆さんとにいちゃんは、俺がエレベーターに乗ったときには、もう先に乗ってやがったんだよ。それじゃ置いていけないじゃねえか。これが付いてくるってことなんだなって改めて思ったよ」

有朋さんはそのとき、ナースステーションに寄ればいいのではないかと閃《ひらめ》いた。

生きている人間と話したくなったのもある。もしかしたら、生きている人間がいれば、二体の幽霊が離れていくかもしれないという目論見《もくろみ》もあった。

煙草を吸ったことは咎《とが》められるだろうが、もう耐え切れない。

ナースステーションは二階だ。エレベーターのボタンを押す。

エレベーターはすぐにドアが開いた。

ひょこひょこと足を引き摺《ず》りながら、二階のナースステーションに向かおうとした。

それを嗅ぎ取ってか、若い男性がすすっと二階の病室に入っていったのが視界の端で確認できた。老婆は相変わらず膝の周りをうろうろしたままナースステーションまで付いてきた。

「だが、巡回か何かとかちあっちまってたらしくて、ナースステーションに人はいなくてなぁ。もう諦めて五階まで戻ることにした。自分の病室に入る前に、婆さんはエレベーター前の病室に入っていった。もう、やっとこさ解放されて、そりゃホッとしたさ。でもな、この話には続きがあってな」

有朋さんは吸い終わった煙草を投げ捨てると、懐から煙草の箱を取り出した。

「翌朝だよ。その病院じゃな、エレベーター前の病室には、比較的軽い症状の奴らが入院しているんだ。でも、そこの奴が急死した。夜中に急に錯乱してバタバタ暴れたとかで大騒ぎだったよ」

煙草を口に咥えてライターを取り出す。

「死んだ奴は、足を骨折して入院してたってのに、その足で立ち上がって歩いたらしくてな。エレベーターホールは血の海だったそうだよ。そんで二階のにいちゃんが入っていった病室でも、朝に患者が死んでたそうだよ。そっちは重症者だったから騒ぎにゃならなかったみたいだけどな」

有朋さんは煙草に火を点けようと、ひとしきり格闘しながら続けた。

「あいつらは死神でも何でもねぇと思うんだわ。俺は最初に言ったように、何度も何度もついてこられた経験があるんだからよ」

吐き出した煙が、有朋さんの胸の前で白く渦を巻いた。

「けど、病院では、幽霊に遭った奴が死んじまったってのが気に入らねぇ。そんな力がある奴らじゃねぇんだよ。ただ、死ぬ切っ掛けにはなるのかもしれねぇってのは怖いよな。あんたも付けられたら、家まで入ってこられないように気を付けなよ」

最悪、命を奪われることになるからな——。

特殊浴場

市松さんとは、たまたま彼が落とした財布を拾ったことで知り合った。

彼がコンビニから出たところで財布を落としたのに偶然気が付いたのだ。慌てて拾い上げ、駅へ向かって早足で歩いていくのを追いかけて手渡した。

「ありがとうね！　追いかけてきてくれて助かったよ。今さっきコンビニで従業員の給料を下ろしたところでね。もし失くしてたら大ごとだった」

分厚い革の財布には高級感があったが、市松さんの服装はチャラ男とでも言えば良いのだろうか。とても当たりの良い人だった。

「お礼したいけど、一割かぁ――」

「いや、お金は要りませんよ。それよりも、もしお化けを見たとか、呪いとか祟りとかの怖い体験があったら、教えてください」

そう請うと不思議そうな顔をされた。だが、怪談を集めるのが趣味なのだと打ち明けると納得してくれた。

「――俺ね、こう見えてもここら辺でお水のお店を持ってんのよ」

なるほど、経営者という話だったが、確かに普通のサラリーマンとは雰囲気が違う。

「お水って、やっぱり怖い話は割とあるんだよね。俺も最初はそういう話は全く信じてなかったけど、稼業を親から引き継いだときにも、幾つか聞いててさ。まぁ代々やってると、色々ある訳」

彼はそう前置きすると、経営している一軒の特殊浴場の話をしてくれた。どうやら大小様々、近隣の街に店を五つほど持っているらしい。

その店は彼の持ちビルに入っていた。

勤めている嬢にも美人が揃っていて、そこそこ良い儲けが出ている。

だが、一つだけ問題があった。

店舗のうちのとある部屋から、いつも苦情が入るのだ。

それも毎回同じ内容だった。部屋に入って十五分もしない序盤のうちに、かくんと寝てしまい、どれだけ揺さぶっても起きない。ただ、終了の時間が来るとぱっと目が覚めて、「酷い目に遭った」と文句を付けるのだそうだ。

「こっちは金を出してるんだ！　とかブーブー言うけどさ、勝手に寝るのは男のほうなんだよ。これが毎回なものだから、部屋付きの嬢はただ座って待ってるだけ。他の女の子達が羨ましがるんで、原因究明ってことで知り合いを送り込んだんだけど、やっぱり部屋に入るとすぐ寝ちゃってね」

嬢が楽をしようと睡眠薬のようなものを飲ませたりしてたら、店の評判にも関わる。それにも気を付けて調査に入ったが、いつの間にか寝てしまっていたらしい。

ただ、気になることが一つあった。

その知り合いが泣きながら電話を掛けてきて、えっちゃんの幽霊がいたと訴えたのだ。

数年前まで、彼は市松さんの店に足繁く通っていたが、勤めていたえっちゃんという馴染みの嬢が亡くなってからは足が遠のいていた。

話をよく聞くと、その嬢の幽霊が出たというのだ。

「それで、今までの苦情もえっちゃんの幽霊のせいじゃないかって話になった。知り合いは言葉を濁すし、俺も幽霊なんて見たことなかったからさ、一度直接その部屋に行ってみるかってことになった訳。嬢が意図していなくても、何か化学物質みたいなものが漏れてて幻覚を起こしてるとかも怖いし、そんなことがあったら営業停止だからね。あちこち調べたのよ」

市松さんは、現場を思い出したのか、苦い顔を見せた。

彼は、風呂の排水溝が気になって覗いたのだという。

「――暗い穴の向こうからこっちをじっと見つめる目があってさ。瞬きするのも見えるんだよ。一瞬見つめ合っちゃって。ああ、これは女の目だなと思ったその直後に、身体が動かなくなったんだ」

市松さんは慌てて上体を起こそうとして尻餅をついた。

その直後から身体が動かなくなった。

焦っても眉毛一本指先一つぴくりともしない。

そのうち足元から寒くなってきた。

見ると排水溝から髪の毛のような黒いものが伸びてきている。

――髪の毛？

それは一瞬のうちに女性の姿になった。

「勿論何も着ていなくて、肌も青っ白くてね。でも、えっちゃんだった」

えっちゃんはマンションの玄関ノブで首を吊って死んでいたそうだ。

元々美人で、人気ナンバーワンの嬢だった。

だが、いつまでも男に入れ込んで借金がなくならず、歳を重ねていくうちに人気も容姿も落ちた。

それに悲観して命を絶った。そういうことになっている。

「座り込んじまった俺の顔を覗き込んでくるえっちゃんの首がさ、変なふうになってるんだよ。ああ、首を吊ると頸骨が折れるんだなって、そんなことを思ったさ」

香水と糞尿の混ざった臭いがして、市松さんは気絶したかったという。

だが、それは叶わなかった。

「それでさぁ。『どちらからします?』って聞いてくるの。あぁ、こいつ死んでも仕事してんのかって思ったのよ。だから、もう辞めろって心の中で叫んだら、えっちゃんは消えてさ。動けるようになったら逃げたよ」

部屋は封鎖したが、いつまでも臭いが鼻について取れなかった。

「そんで、先日協力してくれた知り合いに、こっちから電話して詳しく聞いたらさ、寝ちゃったときに夢の中で、えっちゃんに御奉仕してもらったんだって。まぁ、切り出しにくいよな、幽霊としちゃったとか」

他の客も同じような感じになったのだろう。そう市松さんは語った。

「そんでこの話、続きがあってさ。その後で封鎖した部屋の両隣の嬢が文句垂れるんだよ。泣き声が聞こえてきて集中できないって。しくしくってのじゃないよ。うわぁーって感じの奴。女が号泣してんだって。そりゃ怖いよな」

流石にこのままでは商売に差し障るので、お祓いを呼ぼうという話になった。

しかし、何件か神社に連絡を入れても、何故か断られてしまった。

そこで仕方がないので、先代の伝手で霊能者を呼んだ。

「――そしたら収まったし、寝ちゃう奴もいなくなったんだけど、例の知り合いが死んじゃったんだよね。それには本当に参ったよ」

夜中に店のあるビルに忍び込み、屋上から飛び降りたのだ。

それを皮切りに、えっちゃんと関係のあった男達が次々と亡くなった。

「一番酷かったのは、昼間にその部屋に入り込んで自殺した奴。俺はそいつとは面識なかったんだけど。当時の嬢の一人が教えてくれたんだけど、えっちゃんの元彼の一人だっていう訳」

その男性は、家庭持ちだったが、突然自宅でえっちゃんが追いかけてくると騒ぎ出して、家を飛び出したらしい。

少し経って、ビルから別の男性が飛び降りた。その男性もえっちゃんの常連だった。

「そんな感じで、ビルの資産価値は減っちゃうし、評判悪くなるし。一年くらいえっちゃんの常連が死んじゃうって騒ぎが続いてさ、うちの子——俺、こう見えても既婚者で子供もいるのよ——がさ、夜中に泣き出すんだ。部屋の隅に裸の女の人がいるとか言ってさ。奥さんも気味悪がって、大きい神社でお札も貰ってきたけど、あっという間にそのお札も真っ黒になっちゃってね」

幸い嬢には被害はなかったが、客が減ってしまった。

再度お祓いをやり直す羽目になった。

「まぁ、そんな幽霊の話。誰も信じてくれなさそうだから誰にも話せなくてね。俺達の業界だと、幽霊にビビったなんて言えないのよ。どう？　期待に添えた？」

そう言って、彼は名刺を取り出して手渡してくれて、「財布ありがとうね」と、にこやかな顔をして去っていった。

レベル測量

岸辺さんは、ある年の年始に、とある工事の現場監督を頼まれた。

とりあえず引き受けるかどうかは別だぞと前置きをして図面を見せてもらうと、工事が入る敷地には家屋数軒分の広さがあった。聞けば、資産家の土地を相続した親族が荒れ果てた庭側の土地を切り売りしたらしい。

そこを均して地盤を固め、壁を設《しつら》えた上に上下水道も引き、小さな建売住宅を六軒建てて、更に駐車場も整えるという。

工事に参加する作業員に目処は付いているとの説明を受けて、岸辺さんは仕事を引き受けることにした。今年は人手不足で大きな仕事を受けられなかったため、収入の足しになるという目算もあった。

最初の作業は敷地の地均しだ。油圧ショベルで敷地を均し、ダンプが運んできた土を盛り、フェンスブロックで敷地を整える。その際には「レベル」と呼ばれる計測器で土地の高さや距離を測る必要がある。この手続きは「レベル測量」と呼ばれ、三脚に取り付けた望遠鏡のようなレベルを覗いて数値を読む者と、測量地点でスタッフと呼ばれる大きな定規を持つ者の二人一組で行われる。

基準となる高さを求めた後、スタッフを敷地の各箇所に移動させ、それぞれの箇所の高さを測定する。こうして得られた数値を元に、設計士が土止めの高さや階段の幅や段数などを決定するのだ。

工事初日、隣家との境を測量するために岸辺さんがレベルを覗いたときのことだ。スタッフを支えている飯田という作業員の姿が、まるで異質なもののように見えた。そもそもスタッフ自体が見えない。

距離はおよそ十五メートル。

おかしいぞと思ってレベルから視線を外し、肉眼で再度確認する。

問題ない。見慣れた飯田の顔。土の汚れの付いたクリーム色のツナギ。大きく数字の書かれたスタッフを身体の正面に置いている。

幾ら何でも十五メートルの距離で見間違えるようなものではない。

だが、レベルをもう一度覗き込むと、スタッフが見えない。その代わりに土気色の手と紺のスーツを着た男の姿が見えた。

——待ってくれよ。

スタッフを掴んでいるのは飯田のはずだ。顔をレベルから外せば、顔も確認できるだろう。しかしそれが怖くてできない。

「監督ぅ！　いつまでこうしてればいいっすかぁ？」

待ち切れなくなったのか、飯田が声を上げた。

「ごめん！　よく見えないから、スタッフ揺らしてくれっか？」

移動すると、測量に誤差が生じるため、飯田にはその場でスタッフを前後に揺らしてもらう。

揺らし始めたのを見てから再びレベルを覗くと、想定外の光景が広がっていた。白い布のようなものが視界を覆い、紺色の何かが端で揺れている。それで初めて、見ているものがスーツ男のシャツだと分かった。

ピントを合わせると、汚れた白いシャツに茶色の液体が飛び散った痕がこびりついているのが分かった。

レベルの高さは地表から百五十センチに設定されている。飯田の場所までは大きな高低差はない。

距離にして、七メートル。

レベルのせいで距離が正確に分かった。男が先ほどより近付いてきている。

背中に寒いものが走った。顔が上げられない。レンズを覗いているのも怖い。

「どうした？」

すぐ側で、男の声がした。飯田だろう。

様子がおかしいからと来てくれたらしい。

「いや、何でもない」

ホッとした。顔を上げたが、隣には誰もいない。

飯田はまだ十五メートル先でスタッフを持ったままだ。

——今の声は？

全身の毛が一気に逆立った。

この場所がいけないのかもしれない。

岸辺さんは、レベルの載った三脚を持ち上げ、場所を移動することにした。

勿論、最初からやり直しになる。

「レベルが動いたからやり直す。悪いな飯田。最初のとこに移動してくれ」

三脚を移動した場所からレベルを見ても、特に異状はなかった。


だが、レベルを覗くと紺のスーツの男が見えることが何度もあった。

きっとこれが幽霊というものだろう。そう結論づけた。

岸辺さんには人生で初めてのオカルト体験である。

怖かった。昼間の作業とはいえ、背筋に冷たいものが走る感覚は拭えない。

レベルを覗き込むと現れる、よれた紺のスーツに茶色い染みのあるシャツ。ただ、それも胸から腹の辺りしか見えず、顔が見えないのが幸いだった。

幽霊はやはり夜に見えるほうが怖いのだろう。

やがて土台も造り終えた。次は家が建ってから、また塀などの工事を頼むと言われ、やっとその現場から離れることができた。

だがそれから何も連絡なく四カ月が経った。

いつまで経っても岸辺さんの元に追加工事の知らせが来ない。仕方がないので建築会社に問い合わせの連絡をし、このままでは他の予定と重なるから困るぞと伝えた。

「あのさぁ。工期いつ頃になりそう？」

『それねぇ、悪いんだけど駄目になりそうなんだわ』

「そりゃ困る」

『だよねぇ。うちも困ってんだよ』

そんなことを電話口でぼやかれても、こちらとしては納得できない。岸辺さんはとりあえず理由を教えてくれないかと詰め寄った。

何があったのか理解できれば、諦めもつくし、何なら助け舟を出せるかもしれない。

そう言うと、建築会社の担当は暫く迷った末に教えてくれた。

『侵入者があってさ、それが酷いことをしでかしてくれてさ――』

あとは残すところ内装、となった頃。作業員が新築の家の一軒に入ると、侵入者の気配があった。

玄関には、酒類の缶や封を切ったおつまみが散乱していた。

冬場は特に浮浪者が入り込むことがあるので戸締まりには気を付けていた。しかし侵入者は、まだ段ボールで覆われているだけでガラス窓が入っていない箇所から中に入ったらしい。

侵入者は居間にいた。

ただし、剥き出しの木の骨組みからロープでぶら下がった姿で。

『――そんな訳で、身元も分からねぇんで調べてもらってる最中なんだ。このままじゃ建てられねぇよ。他の家も、もしかしたら取りやめになるかもしれないという話も出てきててなぁ』

新築で人も入っていないのに、既に事故物件ということだ。

内装を仕上げていなかったのが救いかもしれない。

「そりゃ災難だな」

『リストラされたサラリーマンとかかねぇ。本当に参るよ、このままだと大赤字だからよう。身元が分かれば、賠償取れるから、工事は進められると思うがな』

建築会社の担当は、そういう訳だからもう少し待ってくれ――と、岸辺さんを拝むように手を合わせた。

――サラリーマンか。

そう聞いて、あの紺のスーツ姿の男が気になった。

あのスーツの幽霊と物件に入り込んだ男は、何か関係あるのだろうか。

それから半月ほど経って、建築会社のほうから岸辺さんに連絡があった。物件で縊死《いし》していた男の身元が判明したとのことだった。その家は自殺した男の家族が金を払うことになったらしい。

工事が再開され、岸辺さんも現場に戻った。

自殺のあった物件の周囲を詰めていく工事だ。だが、塀の工事を開始するとなると、測量のためにレベルを使うことになる。覗くのは自分の担当だ。

ああ嫌だ——。

そう思いながらレベルを覗き込むと、レンズの中には、紺のスーツを着込んだ男の姿があった。

すぐに目を離せばよかったのかもしれない。だが、岸辺さんが目を外そうとしたその瞬間、男が身を屈めて顔を見せてきた。

岸辺さんは息を呑んだ。

飛び出しかけた濁った目と、紫色に腫れた舌が半開きの口から垂れ下がっている。

力一杯目を閉じ、レベルから顔を外す。

「——ちょっと、ちょっと待ってくれ。立ちくらみ！」

飯田に手を振って中断を伝える。

こちらを揶揄《からか》うように顔を見せてきたあの紺スーツは、やはりこの場で自殺した奴の幽霊か何かなのだろうか。結局何も分からないままここまで来てしまった。

他の作業員ではレベルを使えない。仕方がないので、岸田さんは恐る恐る再度レンズを覗き込む。スーツの男はもういなかった。

——バカにしてやがる。

相手があざ笑っているように思えて、恐怖と怒りが入り混じった。工事など放り投げてしまいたかった。だが、そうもいかない。

レベルを使う工事が一段落した時点で、岸田さんは心底胸を撫で下ろした。

「——その場所は、予定通り六軒建ったんだが、その後が酷いんだよ」

岸田さんは「あんな工事に関わらなきゃよかったよ」と続けた。

彼は言おうか言うまいか迷ったようだが、結局は諦めたようだった。

「三軒で自殺者が出てるんだよ。三年で三軒。ありゃ呪われてるよ」

首吊り、風呂での水死、薬物の過剰摂取《オーバードーズ》など、全て理由は異なるそうだが、共通しているのは三軒とも家の大黒柱が自ら命を絶った点だ。

「元からあそこにいた何かが、引き込んでるんだと思うんだよ。あの男を見た夜、俺も夜中に母ちゃんに起こされてたんだ。何を血迷ったか、今正に首を括《くく》ろうってところだった。母ちゃんに泣きながら止められたんだ。もう訳が分かんねぇよ――」

土中

土建屋の鈴本さんから聞いた話。

「そりゃ土建屋にも暇なときはあるよ。工事が多い時期とか、運転する人なら分かりやすいと思うけど。ここらの地元の業者は談合もあるから順繰りで工事が回ってくるけど、そもそも余り仕事がなければ出番もないから仕方ないよ。じっと我慢の子でやり過ごすさ。翌年度になれば、また工事も入るだろうからな」

その年度末は、そもそも工事の発注数も少なかったようで、近隣の同業者は皆窮々《きゅうきゅう》としていた。

そんな折に、とある大手の会社から、下請けをやらないかと声が掛かった。

これから土地を更地にしてアパートを建てるのだが、いつも使っている土建屋が忙しいので、あんたの所なら、上下水道とかも造成できるだろう、との話だった。

聞けば土地はかなりの広さのようだ。それなら遊んでいる作業員も仕事に入れられる。

これは美味しい話だと、飛びつくことにした。

話を持ってきてくれた会社とは過去に縁はなかったが、こちらのこともよく調べているらしい。とにかく大手なのが有り難い。ただ大手といっても噂では色々とセコいようだが。それでもあちらにもメンツがあるだろうから、早々飛ばれることはないだろう。

仕事を引き受ける方向で打ち合わせに出向いた。


対応してくれたのは、眼鏡を掛けたスーツ姿の男性だった。名刺には営業と書かれていた。普段接している人種とは雰囲気が異なりすぎて面食らった。

依頼したいというのは、市内にある古びた平屋と、その広い敷地の工事だった。

正確な資料がないので、どの程度古いものかは分からないとのことだが、資料の写真には平屋の古民家で天然石積みの塀に土のスロープがあった。

「ああ、あと船もあるんで、これもよろしくお願いします」

海からは直線距離で一キロほども離れている土地だが、古い船があるらしい。

「元々は網元さんか？」

「そのようです。しかし、跡目を継がれる方もいなくなってしまったそうで、仕方がないので潰してアパートにするって話なんですよ」

「それだと人が住んでるようだけど、いいんか？」

「荷物のほうが大半残ってますが、もう居住者は皆退去されてます」

「うちらで荷物もやらにゃいかんってことか？」

もしそうであれば、その分手間も金銭も掛かる。

荷物まで全部潰して廃棄まで、などと不意打ちされたら赤字になってしまう。

「御心配なく。勿論そちらは経費は別になります。実のところ、他の業者さんに声を掛けていたんですが、そちらからは急に手が足りないとお断りされてしまいまして――鈴本さんのところでまるっと引き受けていただければ、こちらとしては有り難い限りです」

今後の継続的なお付き合いも視野に入れていただけましたら――。

営業のその言葉に嫌な感じを受けた。

鈴本さんは、もう少し突っ込んで訊くことにした。

相手が何かを隠していた場合には、いきなり足元を掬《すく》われることにもなりかねない。

「アパートを新築するってことは、地盤調査もするんだよな。ここらの地下は砂地だし、水だって出やすいぞ。それに古い家ってことは、ずっと調査が入っていないってことだ。下が遺跡なんてこともあり得るし、もし地盤改良にまで手を入れるとなると、マイナスになっちまう。いや、念のために、この辺りも詰めさせてもらえないかい」

鈴本さんの経験では、この近所は地下が砂地で、地盤改良工事を入れなければ、地震で液状化が起きるのだ。

東日本大震災のときに、それで傾いた家が何軒もある。

更に塩水が出て困り果てた例まであるのだ。

古い家屋というのも引っかかっている。掘り返すと、敷地から何が出てくるか分からないからだ。実際、近所を工事した際は埋蔵物が次々と掘り出され、結局自治体の調査が入り、五年も工事が中断された経験がある。

地元の人間だからこそ、慎重になる土地なのだ。


「――そこは建物の解体と上下水道だけで大丈夫です。地盤改良の件などは、その後でこちらの伝手で何とかしますから。それよりも前のところをお願いします。鈴本さん。頼りにしてますよ」

眼鏡の奥にある細い目からは、一切の感情を読むことができなかった。

地盤関係に手を出させないのも引っかかった。

そもそも設計図は既に用意されていても良いはずなのに、まだ手元に届いていないらしい。それも何だか不思議な話だ。土地の何処にどのような建造物を建てるかで、上下水道の場所だって変わるだろう。

それに地盤改良から先だけを大手が請け負うのにもきな臭さを感じた。

——何か裏があるな。

鈴本さんは直感した。だが、引き受けなければ会社が回らない。

本来なら断りたい話だが、今は背に腹は代えられない。

解体が始まると、案の定作業員から奇妙な話を聞くことになった。

それも気のせいで済まされないものばかりだからタチが悪い。

上物の解体工事を実施する前に、まず周囲に粉塵《ふんじん》が飛ばないように覆いを設置する。だが、建物の四方にその杭を打ち込もうとしても、スムーズに地面に刺さっていかない。

おかしいなと言い合っていると、油圧ショベルが入れない裏庭の工事を担当していた作業員が、作業中に硬質なものを掘り当てたらしい。

ポールを立てるために、スコップ片手に手掘りで穴を掘っていた作業員が、一メートルほど掘り進めたところで、スコップの先が硬いものに当たったとのことだった。

現場監督の鈴本さんのところに老作業員がやってきて報告をした。

「また掘っていたら、同じもんが幾つも出てきたんですよ」

彼が差し出したのは数枚の皿の破片だった。泥に塗《まみ》れ砕けてはいるが、釉薬《ゆうやく》も掛かった白い皿の破片だ。

建屋の四隅を掘る度に、いつの時代のものかは判然としない真っ白な皿が出る。それも一枚や二枚ではない。

「こっちも何枚か重ねられておったんですけど、もしかしたらこの地面の下に、まとめて廃棄とかされてませんかね」

そうなると一度地面を総浚《そうざら》いする必要がある。

「――たまたまだとは思うが」

「たまたまにしても気持ち悪いですな」

「そりゃまぁ、そうなんだが――」

現場監督の不安な気持ちは作業員達に伝染していく。

皿が掘り出された場所は確かに建屋の四隅に当たる。ポールなど大した太さでもない。

しかし必ず皿を掘り出してしまうのが気になる。

まさか偶然ではないのではないか。四隅に埋まった皿を掘り出したことに何か意味がありそうに思えてきた。こうなるとますます不安になる。

不安が不安を呼び、何者かに思考が誘導されているようにも感じる。抱えた不安は、ある程度の閾値《しきい》を超えると恐怖に変じる。

——ああ嫌だ。

作業に関わる誰もがそう思い始めた頃に、建屋の解体が始まった。


「また出たぞ」

「古い家だから、そういうこともあるのかもしれないけどなぁ」

「悲鳴も聞こえただろ」

「あれは木が軋《きし》む音だって」

作業員達が小声で噂話をしている。

今朝また何かの動物の骨が屋根裏から見つかった。どうも骨を見つける度に、周囲から女の悲鳴のような音が響くらしい。

一度や二度ならそういう偶然もあるかと考えることもできる。

だがここ数日で両手で数えるほどに繰り返されると、これはもう何かあるのではないかと作業員達も怯えるようになる。

この仕事を完遂せねば、年度末を越えられない。それは重々理解しているが、一方で怖いものは怖いのだ。

「気にするなよ。屋敷の木が軋んだ音だ。お前らだってそう言ってただろ」

「でも――」

「それ以上は言うんじゃねえよ」

作業員のうち数人は声だけではなく、真っ白い着物を着た女性の姿まで見ている。

もう限界のようだった。鈴本さんもこれはまずいと思い始めた。

「やっぱり、ちょくちょく埋蔵物がありますよ」

建屋の解体をほぼ完了した時点で、次の水道工事のために図面を確認していると、作業員の一人が強く頭を掻いた。大分消耗しているのが見て取れる。

「鈴本さんさぁ。絡まり合った動物の骨とか、無数に出てくる真っ白な瀬戸物とか、今まで他の現場で見たことあります？　ねぇでしょ。だからおかしいんですよ。多分この土地全体が」

「だがな、土地全部浚うとなると、赤字になっちまうぞ」

「それは分かりますがね――俺は何だか怖いんですよ。女の幽霊みたいなものまで出る訳じゃねぇっすか。地面の下に核心になる何かあるんじゃねえかって。俺の責任でいいですから、試しに建屋の周囲だけでも掘らせてくれませんかね」

「ああ。もし何か出てきたら、何とかするように手配するから、進めてみてくれるか」


鈴本さんの一言で、建屋のあった周辺の地面を掘り返すことになった。

無論余計な手間といえば余計な手間ではある。幸い一部は水道工事を兼ねているが、大半は作業員の士気をこれ以上下げないための手続きだ。

小型の油圧ショベルが薄紙を剥ぐように地面を掘り返していく。

暫く作業を続けていると、油圧ショベルが土に爪を差し込んだところで何かを引っかけた。バキバキという木造の何かを壊す音がする。

「おい、何掘り当てた」

鈴本さんの声に、何か埋まってますとの報告が上がった。

見れば、先日廃棄した古い船の置かれていた場所だ。

油圧ショベルを止め、作業員達がスコップで土を掘っていくと、土中から木造の小さな社が掘り出された。

「これは——まずいですね」

何を祀っているか判別できない社だ。下手なことをすると——祟られる。

工事は中断された。近所の神主のいる神社に連絡を入れて、きちんとお祓いをしてもらわないといけない。

鈴本さんは作業員達には、今日はこれ以上何もせずに帰れと命じた。

職人達は験を担ぐ。得体がしれない社に関わって、何か後悔するようなことが起きてもいけない。それがたとえ偶然だったとしても、祟りやらバチやらが当たったり、気持ちの悪い思いが後を引くことになるのだ。

依頼を受けて翌日やってきた若い神主は現場を方々見て回っていたが、結局は詳細不明といった様子だった。

掘り返した社の前では、手短にお祓いを済ませているように見えた。不安に思っていると、神主は儀式の後で社に手を突っ込んで、何やら取り出した。

彼の手に握られていたのは丸い石だった。恐らく御神体とでもいうものなのだろう。

神主はそれを慎重に布に包み、大切そうに持ち帰った。

残りの社はお焚き上げをするから持ってきてほしいとのことだったので、作業員全員で掘り出して神社に運んだ。


翌日。

鈴本さんはやっとまともに作業に取り掛かれるだろうと期待して現場に赴いた。だが、妙に作業員の数が少ない。事務所に連絡をして状況を訊ねてみると、作業員の大半が体調不良で欠勤とのことだった。

そんなやりとりをしているうちに、鈴本さん自身も体調が悪くなっていくのを感じた。発熱がある。視界もぐるぐると回り始めた。平衡感覚が崩れて、まともに立っていられない。

これでは車を運転することもできない。

作業員達も体調不良ということは、インフルエンザか何かにでも罹《かか》ったかと総合病院に赴いたが、ウイルス検査をしてもインフルエンザでも新型コロナでもなかった。幾つもの検査を受けるためにたらい回しにされたが、結局は原因不明とのことだった。

一向に熱は下がらず、まっすぐ歩けないほどの目眩《めまい》が続いた。

そして気になるのは、横になっていると、夢に和装の女が出てくることだった。

夢の中で、女はあの家にあった古い船に立ち、社に納められていた石を手にしている。海面で船を押しているのは褌《ふんどし》姿の自分と作業員だ。

女はここではない何処かに旅立つのだ。この船で、海を越えて。


熱が下がったのは四日目のことだった。

久しぶりに現場に向かうと、作業員達もぼつぼつ揃っていた。彼らは口々に夢の中で幽霊の女を見たと怯えていた。

話を聞くと、彼らも夢の中で海面に浮かぶ船を力任せに押していたらしい。

そのせいで筋肉痛で全身が痛むという。

「これは――お祓いに行っといたほうがいいいな」

鈴本さんの一存で神社に向かうことにした。彼自身も夢の内容が気になっていたからだ。

神社に着くと、先日の神主が境内を掃いていた。話を訊いたところ、彼自身も寝込んでいたのだという。

「そうだ。あと先日の石がですね――」

彼は社務所から布で包まれたものを持ち出してきた。

その包みを解くと、中は彼が引き取っていった石だった。

ただ奇妙なことに、石はばっくりと二つに割れていた。

「私も石を持った女の人が夢に出てきたんですよ。朝起きて本社に行こうとしたら、家の玄関にその女の人が立っていましてね。彼女はこちらを一瞥《いちべつ》すると、石を落として木戸をすり抜けて出ていってしまったんですよ。見たらお預かりした石じゃないですか。しかも割れていましてね。本社に安置していたのだから、誰も入れる訳がない。今でも不思議に思っておりまして」

あの女が神様だったのか、幽霊だったのか、それとも他の何者だったのか、それは全く分からないとのことだった。

頼りにならない。

土中

それでも作業員達はお祓いをしてもらい、無事仕事を再開することができた。

工事も予定通り完了した。


ただ一つだけ気になることがある。

仕事を頼んできた大手の営業、あの眼鏡の若い男とは工事の前に顔を合わせたきりで、それ以来連絡が途絶えてしまった。

仕事が済んだことを報告に行くと、中年の男性が対応してくれた。仕事自体は滞りなく進めてくれたので、こちらからは文句を付けるつもりはない。

詮索する気もない。

只事で済んでいるはずがないからだ。

——触らぬ神に祟りなし。

鈴本さんはこの経験から、大手から仕事の話を振られても基本的には手放しで信用することはないという。

火葬炉

「お前、また来たのか」

久しぶりに顔を合わせた檜原《ひはら》さんが呆れたような顔をした。何か怖い話、不思議な話はないか頼らせてもらおうと考えて、彼の元に足を運んだのだ。

檜原さんは、若い頃から黒寄りのグレーな仕事を請け負うような建築事務所を運営している。もう歳は八十を超えて大分経つはずだ。現役からは引退しているのだが、矍鑠《かくしゃく》としており、今でも頼まれれば現場で指揮を執ることすらあるという。

また何か話を聞かせてくれないかと頭を下げると、彼はもう何もねぇよと片手をひらひら振った。

残念ですと答えると、まぁそれはそうと、少しくらいは話をしていかねえかと笑みを見せた。

最近は余り話をする人もいないのだと聞いている。

そこで暫く世間話をしていると、何故かペット葬儀の話になった。

どうやら檜原さんの友人が小型犬を飼っていたのだが、十五歳の誕生日を迎えた直後に急に元気がなくなり、あっという間に逝ってしまったらしい。

「そいつも俺と同じくらいのジジイだけどよ、もう見ていらんねぇくらい落ち込んじまっててな。そんでまた犬を飼うとか世迷い事を言ってるんだが、今度こそお前のほうが先に死ぬからって、周り中で止めてんだよ」

その友人氏は配偶者とは死に別れており、一人娘はいるがもう嫁に出ている。

当然ながら、もし飼い主が先に死んだら残されたペットは誰が引き取るんだ、との話になる。

「だからお前、もう犬を飼うのはやめろって説得してるんだけどよ。寂しい寂しいって繰り返してなぁ。うちにも猫がいるから、気持ちは理解できんでもないが——まぁ、そうやって泣いて過ごしてりゃ、お前もすぐにおっ死ぬだろうから、そのままでいやがれって言ってんのよ」

慰めるにしたって、物には言い方があるだろう。

「でな、今はペットが死ぬと、当たり前のように焼くじゃねぇか」

ペット葬儀が市民権を得てからもう大分経つ。それまでは庭の隅に埋めたりするのが普通だったのだろうが、集合住宅に住む家庭も多くなると、やはりきちんと火葬するのが一般的になっている。

「そうですね。火葬のための炉を積んだ車もあるみたいですね」

先日知り合い宅の猫が亡くなったときには、火葬炉を積んだバンがやってきて、家の前で焼いてくれたと聞いた。

「そうだよ。その火葬炉が問題だったんだよ」

檜原さんは悪い顔を見せた。


まだ彼が現役の時代のことだという。

開発が頓挫した別荘地を、安く買い叩いたグループがあった。

そのグループが闇金を中心としたシノギでのし上がっているらしいとの話は、檜原さんの耳にも届いていた。

その別荘地は辛うじて道路は通っているが、それ以外は何もなかった。電気も通っていないので、必要ならば自家発電装置を用意する必要がある。水道も通っていないので、井戸を掘る必要があるし、下水もないので敷地内に浄化槽を設置し、更にその先に蒸発散槽を設置する工事が必要になる。

現状は原野に毛が生えたようなもので、建物は一軒たりとも建ってはいない。

そこに三軒、ガレージを建ててくれという依頼だった。

水もガスも電気も通さなくていいが、頑丈なコンクリの建物でなくてはいけない。

どうもグループの幹部が、趣味のクラシックカーを置くためだという。ただ山中を乗り回す訳ではないので、きちんと汚れずに保管できるようにしたい。

聞けば車はトラックに乗せて運び込むという。

自家発電もしたいので、発電機と大容量の灯油タンクも設置してほしい。

そういう依頼だった。

——ふうん。

檜原さんは、その時点で嫌な気配を嗅ぎ取っていた。

確かに言い分に齟齬《そご》はない。だが、それならわざわざこんな山奥に建てる必要はない。

何か裏の理由がある。

ただ、そんなことを口に出すようなことはしない。

そういう事情を全て腹に飲み込んだ上で仕事として引き受ける。

「まぁ、見積もり出してみますよ。一回現地まで案内してもらって良いですかね」

彼は仕事を依頼してきた山内と名乗る若い男に、そう訊ねた。


現場監督を担当する中西を連れて、檜原さんは黒塗りの高級車に揺られていた。

新幹線の駅に降り立って、そこから山の中を目指すのに、こんな高級車である必要はない。むしろ四駆のほうが相応《ふさわ》しいだろう。だが、待っていたのは高級車だった。

中西と檜原さんは、ずっと黙ったままだった。

山道から明らかに林道と見られる道に入る。そこから急勾配を登っていく。

舗装もコンクリートを敷いただけの間に合わせで、それも経年劣化でひび割れてしまっている。

「こりゃ、資材を入れるの苦労すんなぁ」

「そうですね」

揺れる車内で、檜原さんはガレージの真の意味を探っていた。

灯油、車庫、人里離れた別荘地。

――ふうん。

まぁ、良いだろ。何かあってもこっちのせいじゃねえからよ。

別荘地の入り口には大きな門があり、〈関係者以外立ち入り禁止〉と書かれた看板が出ていた。車はそこから更に入っていく。

「ここです」

暫く走った後に、砕石の敷かれた駐車場で車が停まった。

この土地に三つ、コンクリ建てのガレージを用意しろというのだ。

「こちらです。冬場は寒くて敵わないですが、夏場はいいところですよ」

――いいところだなんて、どの口がほざきやがる。

周囲はほぼ原生林だ。猿の集団がこちらを胡散《うさん》臭いものを見るかのような視線で眺めてきた。

「いいよ。引き受けてやるよ。ただ――」

「ただ？」

「お前らが俺が建てたものの中で何をして困っても、アフターサポートはなしで頼むぜ」

それで良いと山内は答えた。

現場監督は檜原さんの指示で中西で決まった。

工事は早いほうがいいというので、すぐに取り掛かった。

住宅でない以上、特段難しい仕事ではない。灯油タンクもありものを使えばいい。自家発電装置は別棟として建て、そこから配線する。

全て口外無用。

仕事は半年と掛からなかった。


「連中、やっぱり燃《も》してるみたいですぜ」

中西が困ったような顔をした。とはいえ、この腹心は、いつでも困ったような顔をしているのだが。

彼の報告によれば、最終日に受け渡すと同時に、ついでにこれも設置してくれと、複数の炉が用意されていた。

事前に話が通っていない以上、中西はそれを断った。

「――放っておけばいいさ。俺達はガレージを用意しただけだからな」

中西が報告してきたところの〈連中が用意していた炉〉の正体は、大型犬などのペットに対応した火葬炉だった。

どうやら中古品らしく、何処から仕入れてきたのかは分からないとのことだった。

恐らく、全国の破綻したペット墓地か何かから買い取ってきたのだろう。

だが、それから一年ほどして、仕事を依頼してきた山内から連絡が入った。

あのガレージを再度更地にしてくれとの依頼だった。

理由を訊くと、もう不要になったからだという。

だが、檜原さんはそれを断った。

「アフターサービスはなしって言っただろ」

「いや、そこを何とかできませんか」

「そんじゃ、何が起きたか今度は正直に教えてくれな、山内さんよ。俺はあそこで何かを燃やすなんてこたぁ、ひとっ言《こと》も聞いてなかったんでね」

だが、その言葉を聞いても、山内は眉一つ動かさなかった。


中西とともに檜原さんが再び別荘地を訪れたときには、以前にはなかったプレハブ小屋が建っており、工事現場に置かれているのと同じ仮設トイレが置かれていた。

「何だい。ここに人は住まないんじゃなかったんかい」

「作業のために、若いのが何日か泊まり込むんだ。それが何故か皆おかしくなっちまうんだ。理由なんぞ分かりゃしねぇ――」

――嘘だ。山内は全部分かった上で、仕事をおっ被せてこようとしている。

「俺達はその辺り分かんねぇからよ、若え奴《わけ》を二人くらい置いてけよ。なぁに、ちょっと掃除させるくらいだよ。そうだな。明日の昼頃に迎えに来てくれ」

山内は一人で車を運転して帰っていった。勿論監視カメラか何かでこちらを覗いているのは分かっている。

檜原さんと中西が敷地を見て回ったところ、クラシックカーなど一台もなかった。

その代わりに小型の火葬炉が二基、大型の火葬炉が一基設置されていた。

「中西よう。あの若ぇ奴らに炉を掃除させとけ。集めた灰やらはそこの一斗缶に入れるように指示」

山内から、若い者を二人借り受けている。この二人には作業の手伝いをさせてもいいと許可を得ている。早速中西が指示を出して、炉の掃除が開始された。

掃除を始めて暫くすると、大きいほうの炉を内側からドンドンと叩く音が聞こえた。

若い者二人は声を上げて建屋から駆け出したが、中西がそれを止めた。

「いつもああなんか？」

檜原さんが訊ねると、二人はカクカクと顎を上下させた。

「あの、もうすぐあいつが出てくるんで——勘弁してください」

二人は懇願したが、檜原さんは「ダメだ」と繰り返して、男達を解放しなかった。

続けて炉からオレンジ色の炎を纏った、半透明の人影が飛び出してきた。

男だ。

針金で全身を縛られている。

——やっぱりな。人でなしのやることはいつも同じだ。

炎を纏った男は、地面をのたうち回ると、すぐに消えた。

「——お前ら、生きたまま人間焼いてただろ」

「俺は知らねえ」

「俺もだ」

若い二人は必死の形相を見せた。

「でもよ、あれ見ちまったってことは、次に燃やされるのはお前らの番だろ？　ちょっとこれ以上は、俺らは仕事を引き受けられねえよ。山内とか言ったっけ。恨むならあいつを恨みな」

二人は絶望的な顔を見せた。

「正直に教えろって俺は言ったんだよ。でもあいつは人を燃やしてるなんて、一言も言いやしなかったからな。正直に白状すりゃ、こっちも何とかしてやれたんだけどよ。悪ぃな――」

それから暫くして、依頼してきた会社は破綻したらしい。

そのニュースから一年ほどして、一度中西に別荘地を訪れるように指示したが、全て更地になっており、跡形もなかった。

恐らくその会社の息の掛かった施工会社が更地にしたのだろう。

ただ、先日掃除をした後に灰を入れていた一斗缶だけが、忘れ物にでも遭ったかのように、敷地の片隅に転がっていた。

「正直に言えば、金次第でどうにでもしてやったんだがよ。あの山内ってのは最後まで喋らなかったからな。俺が聞いたところだと、あいつもすぐおかしくなっちまって、最後は顔に針金ぐるぐる巻いてね。頭からガソリン被って火ぃ点けたって話だ。だからよ、俺はペットの火葬炉ってのは金輪際見たかねぇのよ」

そのとき、檜原さんの膝に白黒のハチワレ猫がやってきて、彼の足に甘えるように身体を擦りつけた。

「――ああ。こいつか？　こいつが俺より先にくたばったら、この庭の隅っこに穴掘って埋めてやるよ。燃しちまうなんて可哀想じゃねえか。なぁ」

位牌

「話せないことなんて幾らでもあるってぇの。だからって、その中でも酷い話をしろってのは大概じゃねぇかよ。年寄りを苛めんなよ」

檜原さんが笑い声を上げた。

「前に話してやった、シノギで大型犬ブリーダーやってたヤクザの飼い犬が、毎晩〈組員サンド〉を食わされてた話とか、絶対に表に出すなよ。食われた組員が霊になって隣の工事現場事務所に助けを求めたとか――。まぁ、誰も信じやしねぇだろうけどよ」

この話は堅く口止めされてしまったので、これ以上は語ることはできない。

「そうさなぁ――」

お茶を啜った檜原さんは何やら思案していたが、この話はまだしてねぇかなと呟いて話をしてくれた。

平成の頭くらいの頃の話だ。

集合住宅の建て替えを依頼された。隣り合った古いアパート二軒分の土地をニコイチにして、そこにマンションを建てたいとの話だった。その会社はサラ金屋だったが、裏では地上げもしているような会社だった。ヤクザ紛《まが》いだ。

マンションを建てるのはデベロッパーなので、そこまでの下拵《したごしら》えを頼むとの依頼だった。話を持ちかけてきたのは遠藤という男性で、どう贔屓《ひいき》目に見てもスジ者だった。

「それで、うちの店に来たときに、この遠藤って奴は前歯が四本ともなくてよ。多分差し歯の工事の途中だったんだろうな。そのせいで話が聞き取りづらくて仕方がなかった。こいつがまた、いい加減を絵に描いて額縁に入れて展覧会に出したら優勝しちまうような奴でな。大迷惑だったよ」

檜原さんはそこでまた茶を啜った。

現場を最初に下見したときには、片方のアパートにはまだ住人がいた。

遠藤の説明によれば、一棟目は六部屋全室が事故物件で、二棟目は生活保護の老人を詰め込んだ八室のアパートだという。どちらのアパートも築四十年以上経っており、確かにそろそろ建て替えても良い貫禄が出ている。

六部屋のほうのアパートには既に住人はおらず、清掃までされている。一方で八部屋のほうのアパートには、まだ三人の居住者がいた。皆七十代以上で、年金と生活保護で生きている。

その三人はもれなく遠藤の会社から借金があるという。

きっと彼らは、銀行口座なども全て押さえられており、利子の支払いの名目で、収入の全てを吸い上げられているのだろう。食事も遠藤達が差し入れと称して安い加工食品を渡しているはずだ。だが、それは工事とは関係ない。

残っている住人はどうするのかと訊ねた檜原さんに、遠藤はすぐに退去してもらうことにならぁなと、歯のない笑顔を見せた。

工事を正式に依頼された日には、予告通り、住人は全て退去していた。

不穏だったのは、大半の部屋に残置物があったことだ。

「監督、これ全部処理ってことで良いんすかね」

「そうみたいだな。とりあえず一応向こうさんにも確認しとくか」

古民家などを解体する工事では、残置物の処理も併せて行うことがままある。

無論、料金は上乗せになるが、別の業者を先に入れて処分するとなると、経費も時間もより多く掛かるので、できることならコミコミで、という依頼になる。

ただその際に、ゴミだけでなく価値のあるものが出てきてしまった場合はどうするのかなどの細かい取り決めが必要となる。

檜原さんは公衆電話から遠藤の携帯に連絡を入れた。まだ携帯電話が珍しかった時代だ。

「全部捨てちまって結構です。そこにある物が必要な奴はもういませんから」

「いませんからってお前よお」

そんないい加減な答え方をするなと文句の一つでも垂れてやろうかと思った直後に、一方的に電話が切れた。

受話器の向こうで何やら女の声がしたから、きっと何かいいことでもしていたのだろう。

「歯なし野郎が全部捨てていいって言ったからな。手早くやっちまおう」

今回の工事は二つの敷地にある上物を撤去し、土地を一つにまとめて土地改良するというものだ。そこから先のマンション建設については、檜原さんもノウハウを持っていない。

なので今回の仕事は、上物を更地にするところまでだ。

工事を開始した時点で、残置物の廃棄に問題が出た。

仏壇と神棚がそれぞれ複数あったのだ。これらは産廃に出しても引き取ってもらえない可能性がある。施工主の遠藤からは、特にそこでケチるようなことは指示されていない。

「俺のほうでお寺に依頼しとくから、トラックで持っていってくれや」

そう指示を出した。

それから四日経ち、現場監督の窪田から連絡が入った。

仏壇から位牌を盗んだ作業員がいるとの話だった。

「位牌を盗んだって、何か証拠とかあるのか」

「ええ。複数の作業員が見ています」

盗んだのは、福内という四十代の作業員だとの報告を受けた。

――ああ、あのボンクラか。

最近会社に入ってきた男で、正直打てども響かずといったタイプだ。一年もしないうちにまた何処かに流れていくだろうと檜原さんは考えていた。

そいつが窃盗をしたことになる。

たとえ産廃とはいえ、作業員が許可も得ずに工事現場の物を持ち帰れば窃盗だ。

だが、位牌を盗んだところで、本人に何か得がある訳でもないだろう。

「ちっと話を訊く必要がありそうだな」


福内は現場監督の窪田に連れられて檜原さんの前に姿を現した。

「よう。お前、何でここに連れてこられたか分かるか？」

檜原さんがそう声を掛けると、福内は表情も変えずに、ただ黙っていた。

「お前がアパートの部屋から持っていったってのは何だったんだい。正直に教えてくれりゃ、それ以上は追求しねぇよ。元々全部ゴミにするってことになってんだから、そこまで目くじら立てるつもりはねぇんだ」

檜原さんが椅子に座るように促すと、福内はおずおずとそこに腰掛けた。

「ん？　どうだい。別に怒りゃしねぇよ。安心しろよ」

檜原さんはプレッシャーを与えないようにと、できるだけ優しい口調で伝えている。それでも福内は迷っているようだった。

だが暫く黙った後で、福内は、「頼まれたんです」と漏らした。

「頼まれたって、誰にだ」

「アパートの部屋にいた爺さんとか婆さんの――」

そこまで言って、再度福内は口を噤《つぐ》んだ。そこから次第に彼の顔色が青くなっていき、口から泡を吹いて意識を失い、床に倒れた。

「おい！」

現場監督の窪田が大声を上げた。

「大丈夫か？　こいつは休ませるとして、ちょっと作業中断させたほうが良さそうだな」

――爺婆に頼まれたとなると、厄介かもしれんな。

「急ぎの用で何度も連絡したんだけどよ。ちょっと忙しかったようだな」

檜原さんが事務所に遠藤を呼び出したのは、福内が目の前で倒れてから二日後のことだった。

「――ええ。おっしゃる通りで。ところで、何かありましたか」

「おう。ちょっと訊きたいことがあってな」

その言葉が合図だった。窪田がドアの鍵を掛けた。

「うちのボンクラの一人がよ、大きいほうのアパートの住人から頼まれ事をしたっていうんだ。あんた、残っていた住人達、一体何処にやった？」

「あの爺婆の三人には、アパートの建て替えがあるからって、引っ越し費用を渡して出ていってもらいましたよ」

「ああ。それは嘘だよな」

「何すか。何かこっちのやることに文句でもあるんですか。目くじら立てるってんすか。それならこっちも考えがある」

前歯のない口元から息を漏らしながら、遠藤が憤った。

「偶然ってのは恐ろしいもんでな――」

「偶然？」

「あんたがアパートに住まわせていた福内って爺さん、うちの作業員の親父だったんだとよ――」


先日、気を失った福内は、目を覚ました後で自分が位牌を盗んだことを認めた。理由は、自分の家から父親が持ち出した位牌だったからだ。

福内は昔から〈そういうもの〉が見える体質で、今回の件は自分の父親が何度も夢枕に立って、悔しい悔しいと泣いたのが切っ掛けだという。

夢に出てきた父親の指示で、檜原さんの現場に入り込んだらしい。

「それで遠藤さんよ。あの三人の前に、一体何人あのアパートに閉じ込めて飼い殺したんだい。それはあんたのオヤジさんも承知してるってことでいいんだよな――？」

「――昔な。神棚とか仏壇とかを、魂抜きとかもしないで、次々とその場で重機に踏ませて潰してた現場があったんだよ。当然今はそんなことはできないが、全部野焼きでな。そんなときに、何かが祟ったんだろうな。担当の作業員の髪は抜けるわ、肉は削げるわで、酷い目に遭ったことがある」

全身が腐り始めた作業員は、病院に担ぎ込まれた。

結局その作業員は生きたまま全身が真っ黒な液状になって亡くなった。

「遠藤も同じ感じだったよ。急に体調が悪くなったのか、その場にへたり込んでな。俺達にじゃなくて、どうも周囲にいる誰かに謝り続けては意識を失う。遠藤の奴は、それを三日三晩ずっと続けた。付き合い切れねぇよ」

その間に、檜原さんは遠藤の組に連絡を入れた。

そちらの上のほうからは、行儀の悪い奴だから好きにしてくれとの返事だった。

「まぁな。俺達の仕事はアパートの解体だっただろ。その後で地盤の改良も請け負ってる。人間なんて、深く掘った地盤の下に鋤《す》き込んで、上からコンクリを流し込んでしまえば終わりだ。誰も遠藤が何処にいるかなんて知らねぇんだ。そういうことになっちまったからな――」

三日三晩が経ち、深く掘られた穴の元に引き摺り出された遠藤は、既に正気ではなかった。全身も壊死《えし》が始まっているのか、食べ頃を通り越した果実のように黒く斑《まだ》らに変色していた。

「埋めてやれ。せめてもの情けだ。こうなったらもう回復しねぇからな。長引くほど苦しむ。そういうもんなんだよ」

無言で遠藤を穴に突き落としたのは福内だった。

彼は最後まで何かに怯えながら、掘られた穴の壁に向かって謝り続けていた。

その後、件の土地はデベロッパーに転売された。

予定通り建てられたマンションは、地下に水が溜まりやすく、他の建物に比べて貯水槽のメンテナンスが三倍以上の頻度で必要なのだと聞いている。

理由は不明だ。

往還跡

とある工務店に勤める田中という男性から教えてもらった話になる。

強く口止めをされているので場所については詳しくは書けないのだが、その場所は主要高速道路が二本、距離を置いて南北へ走っている。

この二本を繋ぐ道路が周辺にはないので、地域の住人も運送業者も不便に思っていた。

無論、この二つの道路を繋ぐ計画はある。だが一方で予算の関係もある。用地を買収して新たに道路を造ったとして、採算が取れるのか分からない。

検討は長期間に亘った。

状況が変わったのは、その地域から出た議員が、一大事業として計画を進めたことだ。

そこでジャンクションを造る工事が開始されることになった。

実際に工事が行われている間、重機のオペレーターが毎日のように奇妙な発言をしていたことが明らかになっている。

「夕方になると、重機の運転台の上にさ、何か出るんだけど――」

どうも半透明のものが出てきて気持ちが悪いというのだ。

「アレって他の人にも見えてるのかね？」

重機のオペレーターは、現場監督へ相談した。同じ飯場の従業員達は、自分の持ち場ではないのでそんなことが起きていることは知らなかったが、監督からの要請もあって翌日確認することにした。

当日の夕刻、重機の運転台を確認していた作業員達が恐怖の叫び声を上げた。

「うわ。何だよアレ」

方々から見ていた作業員から悲鳴や怒声が上がった。

うっすらとした半透明の何かが重機の上をうろうろしている。

多くの者に共通しているのは、その部分だけ空気が歪んでいるように見えるとの報告だった。別の者は、蜃気楼《しんきろう》のように見えるらしい。

どちらにしろ人間大で四肢がある。それらが重機の運転台の上を歩いている。

それも一人二人ではない。

作業員の一人が、監督を呼びに行った。

プレハブ小屋で図面を見ていた監督は急に呼び出され、何が起きたのかと慌てた。実際に自分の目でも確認して頭を抱えた。

過去にも奇妙なことは何度か体験しているが、ここまではっきりと異様なものが見えるのは初めてだ。

「この工事では事故も起きていないし、とにかく人数が多いですよね――」

きっと原因は土地にある。そこで監督は図面を確認し、過去の航空写真や古地図なども取り寄せた。

現在工事している場所に、祠や石碑が並んでいたのは確認している。

監督の手元に広げられているのは、青図の時点で測量業者が描いた図面だった。道路を通す場所の選定で実地検証をした際のものだ。

両方の高速で挟まれた地区のほぼ中央部分に、帯状に石碑や祠が建てられた地域があり、現在そこを工事している。

最終的には両方の高速がジャンクションで結ばれて便利になる。それはいい。

問題は現在工事しているその場所が、昔の往還――街道跡だということだ。山中を横断する往還に沿って並ぶ石碑には、文字が掠れて読めないものや、近代とはいえ明治や大正中期付近のものもあった。

きっと、街道跡であれば、長年使われているから地盤も安定している。会社側はそう判断したのだろう。

つい先日、昭和初期の表記の刻まれた石碑と祠を壊したばかりだ。祠には昭和三年の文字を確認している。ただ他の文字については、霞んで所々しか読めなかった。

会社からは、それらの石は砕いてガラとして処分、場合によってはそのまま砕石として利用すれば良いとの指示が出ていた。乱暴な話である。


「どう考えても街道跡だからだよなぁ――」

現場監督は再度頭を抱えた。

重機に異状が生じたのは、道路を通すために、地盤を下げる工事の真っ最中だ。

半透明の存在が、当時の往還の高さを歩いている。そう考えるのが自然に思えた。

どうやら半透明の存在は高低差を無視できるらしい。

それが始まりだった。

工事の期間、あちらこちらで半透明な存在が歩いているのが報告された。

幽霊高速――。

二本の高速道路を繋ぐジャンクション路線の完成に際して、この件が世に知られるのは面倒しか生まないとの判断で、会社は作業員に金を握らせて闇に葬った。

それから暫く時が経った。

突如、高速道路の中央に立ち尽くす、半透明の存在が現れるようになった。

本線と比べれば交通量の少ない路線なので、大騒ぎになるようなことはなかった。

しかし、死亡事故のどれもが不可思議な事故であるのは、見る人が見れば分かってしまう。

「――何とかなりませんかね」

「ああ、まぁ現場にまず行ってみないと始まらねえよ」

スーツ姿の男の説明に、先生はわずかに眉を寄せ、億劫《おっくう》そうに答えた。

「お前も当然行くよな」

この先生と呼ばれる男性は設計事務所の設計士であり、また目に見えないモノを操る人物だ。有無を言わせぬ状況に絡め取られた田中さんは、否応なく同行することになった。

スーツ組の車と田中さんの運転する車の二台で現地に乗り付けた。

先生は車内で青図と元の土地の調査報告を照らし合わせ、ここだろうと狙いを絞っていた。

現地は山に囲まれ、高速道路の整備用道路があるだけだった。ただ不思議なことには、何故かこのポイントに向けて監視カメラが四台設置してあった。

「あれ、監視カメラですよね」

田中さんが訊ねると、スーツ組の一人が頷《うなず》いた。

「例の半透明のものが現れると、カメラにノイズが走るんです」

「何だよ、そういう映像があるなら持ってこないとダメだろ」

先生が〈ペナルティだペナルティ〉と、文句を言った。

確かに道路上には何箇所か近寄るのも嫌な気配がしている。込み上げる吐き気にやられながら調査を続けた。何枚も写真を撮ったが、幸いなことに半透明の存在は現れていないようだ。

一部始終を確認した後で、先生は関係者に詰めた。

「で、あんたらはどうしてぇんだ？　祓いたいのか消したいのか。どっちだ」

ああ、いつもの交渉かと田中さんが思っていると、先生は悪い笑顔で続けた。

「ただまぁ、消すのも色々でな。物理的に消すのか、とりあえず見えなくするだけって選択肢もあるってことさ」

先生は人差し指と親指で丸を作った
「――その辺はお気持ち次第ってことだけどな」

どの程度違うんですかと、間抜けな質問をするスーツ組に対し、「やってみないと分からんが、〇の桁が二つか三つ変わるな」とだけ答えた。

その答えを聞いて、スーツ組は何処かに電話をしたりと色々相談し合っていたが、最終的に出した結論は、〈見えなくしてほしい〉とのことだった。

「お前らそれでいいのか？」

先生は心底呆れた様子で答えた。まさかそれを選ぶまいという選択肢を選んだということになる。

先生から考え直せの一言が出ることは滅多にない。

「一時的な応急処置にしかならんぞ、出すもん出せば、今後お前さん達も楽になるぞ」

その助言にスーツ組は侮蔑《ぶべつ》の顔で応えた。

「予算は必要最低限に抑えたいという方針です――。要は金の亡者に出せるものは最低限ってことだよ」

酷い物言いだが、先生も慣れたものだ。

「ああそうかい。お前さんらの言い分は分かった。なら御依頼通り、見えなくなる処置だけで終えることにするよ。だがな、それ以降何があっても俺は手を貸さんぞ。お前らで処理しろよ」

先方は、散々罵詈雑言《ばりぞうごん》を吐き散らしていたが、先生は涼しい顔で受け流した。

「この世界、俺よりもタチの悪い奴らは色々いるからな。注意しとけよ」

田中さんは、ニヤニヤと笑みを浮かべながら聞き流す先生の態度に、絶対に何か伏せた情報があるのだと察した。

長い付き合いなので、それが酷いことに繋がるのは理解できた。

スーツ組は、予算よりも安く済ませることができたからか、余った金の使い道の相談を始めた。

「彼らを見たのはこれが最後でした――となれば楽だったんですよねぇ」

ここまで語った田中さんは溜め息を吐いた。

丸二日を要して、その場での半透明の存在は見えなくなった。ただ、最初に田中さんが感じた近寄るのも嫌な気配は、まるで変わっていない。

帰りの車中で、先生に何をしたのか訊ねた。

「あの付近に目隠しをしただけだ。耐久年数は知らねえけどな。奴らの態度が気に入らなかったからよ。あの場にあった石碑や祠には何もしなかったぞ。奴らが惜しみなく払ってくれたら面倒見たんだがな――」

それは相手の選択のせいだ。今後何があっても仕方がない。

田中さんによれば、この施術から数年は問題なかったが、最近、その場所が話題に上がったとかで、オカルトマニアがよく訪れているという。

「あとは、これは僕が独自に調べたんですけど、当時の工事関係者が、ほぼ全員工事を終えてから心の病とやらで現場を離れてるんです。それも先生に訊いたら〈俺知らね〉と言いつつ、黒い笑顔でニヤリとしてましたからね。絶対にあのとき何か仕掛けを施したのだろうと思ってます」

後日、田中さんは他にも隠していることがあるだろうと、先生を問い詰めたらしい。

すると、出てくる出てくる。

「まずは出る場所なんです。聞いた話では上空とのことでしたが、後日僕が確認したところ、路面から半身出ているんですよ。工事のときには基礎やら色々あるので掘り下げて、道路はその上に敷くじゃないですか。だから見えるのは上半身とか首から上なんです。そんなのが飛び出たら、そりゃ事故も起こりますよ。あと、これは秘密なんですけど——」

スーツ組にも伝えていない爆弾があるという。

あの石碑やらの場所は、実は古い時代の遺跡だったそうだ。

先生が施術の際に、険しい顔をしていたことを問い詰めたら、遺跡の守護者と取り決めをしていたとの話だった。

「僕には全く分からない世界の話ですよ。それよりも、形跡すらないのに、よく気付きましたねって訊いたんです。そうしたら、金を貰う訳だから、下調べと根回しはしっかりやらねぇとってね。いつもの黒い笑顔で答えてくださいました」

あれから何度かその団体から打診があったというが、先生は約束通り、一切を無視している。

くちなわ

この話は、伊織さんが半世紀ほど前に東京住まいをしていたときの話だ。

彼女の本職はマスコミ関係だったが、まだそれだけでは食べていけなかったため、様々なアルバイトを渡り歩いていた。

そんな中、テレビの仕事で知り合った人物に、橋本先生という資産家がいた。彼は都心の一等地に邸宅を持ち、女性関係も派手、カリスマ性もある人物だった。

ある日、テレビ出演する彼を案内するため、ディレクターに呼ばれた伊織さんは放送局のロビーで橋本先生を待つように指示された。

無論初対面である。だが、ディレクターのほうから連絡が入っていたのだろう。タクシーから降りてきた彼は、すぐに伊織さんを見つけて、丁寧な口調で声を掛けてきた。

ただ、伊織さんの側からすると、橋本先生からは強い圧迫感を感じた。まるで、腹を空かせた蛇に目を付けられたような状態だ。

全身を飲み込まれるような不気味な感覚で、冷や汗が噴き出した。

先生からの声掛けに挨拶はしたが、無礼に思われても仕方がないような目の逸らし方をしてしまい、伊織さんは失敗した、と思った。

今後自分が地位を築いていくために、有用なコネクションになるかもしれない人物だ。もしかしたら、ディレクターもそんなことを思って、自分を橋本先生の案内役にあてがってくれたのかもしれない。

心の中で溜め息を吐いた。自分の自意識過剰だろう。

その日から三日後のことだった。橋本先生からディレクターに、伊織さんを絵のモデルにしたいと、名指しで連絡があったと聞かされた。

橋本先生は長年、絵を描いている。周囲の評価もかなり高い。ディレクターから渡された雑誌には、彼の作品が載っていた。確かに素敵な絵だと思った。

一方で彼はあくまで絵は趣味で、仕事にはしていないとのことだった。

「ね。いい話じゃない。受けとけば？　絶対今後のためになるし」

ディレクターが嬉しそうな顔を見せた。

伊織さんにとっては冗談事ではなかった。

橋本先生のことを考えると全身に嫌な痺れが走り、警報音のような耳鳴りが頭の中に鳴り響く。言葉にできない危険信号だ。

「――すみません。バイト、他のが忙しくて」

咄嗟《とっさ》にそう答えたが、ディレクターは不満そうな顔を隠そうともしなかった。

「そんなバイト辞めちゃいなよ。相手は、超が付く資産家さんだよ。お手当も弾むってことだし、そこでちまちま稼ぐよりも何倍も出してくれるでしょうよ。それよりも何よりも、橋本先生のモデルをしてたって言ったら、あなたにも箔が付くじゃない。僕としても絶対受けてほしいんだけど――」

ディレクターは何度もそう繰り返して、伊織さんに了承するように迫ったが、彼女は頑として首を縦に振らなかった。

だが、彼女にとっても、どうしてそこまで嫌悪感が湧いてくるのか、自分でも理由を付けることができなかった。

今後の人生でプラスになることも分かる。

ディレクターの言葉通り、経歴に箔が付くのも十分理解している。

だが、伊織さんはとにかく橋本先生には近付きたくなかったのだ。

伊織さんより一歳年上の同僚に、美鈴さんという女性がいた。

現場には珍しい少女のように可憐な容姿の女性だった。

橋本先生のアルバイトには、伊織さんの代わりに彼女はどうでしょうと、園田という同僚がディレクターに推薦したらしい。

美鈴さんのほうが容姿も良いし、先日、橋本先生にも会っていないのだから、きっと気に入ってもらえるのではないかと進言したらしい。

伊織さんにも美鈴さんにも失礼な話だ。

それでは一度だけと了承して橋本先生のアトリエに赴いた美鈴さんだったが、彼女が想定していたよりも結構なモデル料が支払われたようだ。

伊織さんは、彼女が臨時収入をとても喜んでいたのを覚えている。

――これでもう橋本先生に会うこともないだろう。

伊織さんは胸を撫で下ろした。だが一方で、美鈴さんに対しては罪悪感に囚われた。

それが何故なのか、彼女には分からないでいた。


暫くの間、伊織さんは社内で美鈴さんと顔を合わせる機会がなかった。

ある日のこと、先輩から、「美鈴さん、会社辞めたよ」と聞かされた。

驚いて話を訊くと、橋本先生の専属モデル兼秘書に転職したらしい。

——ああ。気に入られたんだな。

そのすぐ後で、何故か伊織さんの脳裏に、〈可哀想に〉と言葉が浮かんだ。それを必死に打ち消す。

「凄いよな。収入も上がるって話だぜ。お前、先生からモデルのバイトを打診されたときに断ったんだろ。もったいないことをしたな」

先輩の言葉も、まるで遠くから聞こえてくるようだった。

——可哀想に。

美鈴さんは自分の身代わりになってしまったのだ。自分が覚えた罪悪感は、彼女を生贄に差し出すことで、自分が生き延びたことへの罪悪感だ。

伊織さんはそう理解した。

ディレクターに、美鈴さんはどうかと推薦した同僚の園田と、他社に出向いた帰りのことだ。彼は吸っていた煙草を揉み消しながら、嫌そうな表情で、「紹介するんじゃなかったかなぁ」と、聞こえよがしな独り言を漏らした。

「美鈴さん、何かあったんですか？」

そう声を掛けると、園田は堰《せき》を切ったように話し始めた。

「美鈴先輩と仲良くしてたケロちゃんいるだろ。あいつから変な話聞かされてさ——」

ケロちゃんとは、雨森という女性の同僚で、顔が少しカエルに似ているので、その愛称で呼ばれている。

彼女に言わせると、美鈴さんは、橋本先生のアトリエに通い始めてから、やけに妖艶な感じになったのだという。

最初のうちは、モデルという仕事で雰囲気が変わってきたのかもしれないなと思っていたが、それがますます進行して、暫くするともう別人のようになっていた。

可憐な少女のようだった美鈴さんは、今や病的なまでの妖艶さを溢れさせているという。

〈先輩の変わり様、ちょっと怖いな〉と園田が呟くと、〈悪い意味ではないのだ〉と、ケロちゃんは取り繕った。

全身に纏った溢れる色気。しっとりとした艶のある髪や肌。ふとした瞬間に、異様な色情を感じさせる目つき——。

美しい蛇を見ているようだとケロちゃんは溜め息を吐いた。

あたしなんて、まるで蛇に睨まれたカエルのようだったよと園田に告げたらしい。

「え。凄いですね。そんなに変わっちゃうんだ――」

伊織さんが知っている美鈴さんからどう変わったのか、全く想像ができない。

「それでさ。ケロちゃんが、〈美鈴先輩が会社を辞めて、橋本先生の秘書になる〉って知らされたときにさ、変なこと漏らしてたって言うんだ。俺、それが気になってさ」

「変なことって？」

「彼女、橋本先生のところに行くようになってから、同じ夢ばかり続けて見てたんだって。内容もケロちゃんから教えてもらったけど、それが怖くてさぁ」

話が長くなりそうだったので、途中で喫茶店に入った。

「美鈴先輩、蛇の夢を見るようになったらしいんだ」

煙草に火を点けながら園田は続けた。

「薄紅色をした蛇、それも濡れているように艶々した鱗の大蛇が、頭を太い畳針で床に打ち付けられてる夢なんだって――」

身を捩《よじ》る蛇を眺めている美鈴さんは、最初、全身が怖気《おぞけ》立ち、凍りついたように動けなかった。だが次第に、この蛇は、苦しみや痛みでのた打っているのではなく、快感で身を捩らせているのだ、と理解したというのだ。

更に夢の中で見つめているうちに、その蛇は自分なのだと理解してしまった。

やがて打ち付けられていたはずの蛇は、両目から血を滴らせながら美鈴さんの身をよじ登り、彼女の口から体内へとずるずると入り込んでくる。

そんな夢を毎晩見ているのだと訴える美鈴さんは、まるで情欲に駆られているかのようだった。

「ケロちゃんからこの話を聞いてさ。何だか俺、やばいことしちまったんじゃないかって思ってさ――」

テーブルに置かれたアイスコーヒーの氷が、溶けて小さくカランと鳴った。

美鈴さんが、自室で変死体となって発見されたのは、伊織さんが園田の話を聞いてから一週間と経たない頃だった。

刑事は会社にも現れた。怨恨関係のあった者がいないかについての事情聴取だという。

ディレクターのところにも、刑事は何度か聞きに来た。

園田もケロちゃんも落ち込んでいた。

「何だかもう、訳分かんないんだけど、聞いてくれる？」

ケロちゃんは情報処理が追いつかないようだった。

美鈴さんの首や肢体には赤黒い縄目がくっきりと残されていたが、それらしき物は部屋からは見つからない。ましてや司法解剖では、絞殺ではなく脳出血が原因。

更に橋本先生の邸宅にも、家宅捜索が入ったようだ。

社内では、変な神様みたいなものを祀っていたらしいと噂になっていた。

薄桃色の蛇がとぐろを巻いた陶器製の像が、まるで御神体のように祭壇に据えられていたとか。その前には真っ赤な細縄が、捧げ物のように何本も並べられていたとも聞く。

だが、それらの赤縄は新品そのもので、美鈴さんの死に関わるような証拠にはならなかった。

不気味だ。

だがそれよりも問題なのは、橋本先生のアトリエから発見された、未成年の少女をモデルとしたらしき絵だ。どの絵も、全裸の少女が真っ赤な細縄で縛り上げられている構図で、ゾッとする程にリアルだったらしい。

浮き名を流す資産家が、少女をモデルに変態的な趣向の絵を描いていた——。

こちらのほうが問題になるだろうと噂されていた。

その八枚のうち一枚は美鈴さんを描いたもので、その絵の彼女は苦悶と恍惚が入り混じる表情をしていた。

その他の七枚には顔が描かれておらず、のっぺらぼうのようだった。一方で顔部分以外は、写真のように緻密でリアルだったそうだ。

「俺は芸術家の考えてることなんて分かんねぇけどよ、美鈴先輩は、何かに捧げられたんだろ?」

そんなことを漏らしていた園田は、暫くして会社を辞めた。事件以来放心したかのような落ち込み方だったが、まさか辞職するとは思わなかった。

彼は他の同僚に、毎晩嫌な夢を見ちまうんだと、繰り返していた。

「赤い縄がな、蛇みたいに追っかけてくる夢だ。それがスルスル這い上がってきて、口から入り込んでくるんだ——」

すげ替え童子

詳細は秘するが、東海地方のとあるバイパスでの話である。

そのバイパスには、利用者が想像できない横断歩道がある。近くに学校がある訳でもなく、道路の両脇は田んぼだが、農道からの出口になっている訳でもなく、コンビニのような店がある訳でもない。

唐突に横断歩道だけが道路上に記されているという不思議な光景だ。

ただ、その傍らには苔むした頭部を欠いた地蔵尊らしきものが祀られている。この場所は以前から横断者の死亡事故が多いのだ。

不思議なことに、現場は見晴らしもいい直線道路で、近付いてくる車を見逃すこともない。どうしてこんな場所で事故が起きるのだろうと、皆首を傾げている。

ある日のこと、大学三年生の天笠さんは、馴染みの喫茶店で近所に住む同い年の優一から声を掛けられた。別段付き合っている訳でもないが、幼馴染みなので気心も知れている。

お互いにメッセージアプリで日常の愚痴を言い合ったりする関係だ。

今日はたまたま近くの喫茶店でお茶をしているところを見つけて、顔を見せてくれたのだろう。

そう考えると悪い気はしない。だが、優一は唐突に変なことを訊いてきた。

「S市の横断歩道に幽霊が出るって知ってる？」

初耳だった。それがどうかしたのかと訊ねると、彼は今夜そこに行ってこようと思っているのだと告げた。

詳しい場所を説明しながら、俺、幽霊を見たいんだよねと、彼はにこにこと屈託のない笑みを見せた。だが天笠さんには悪い予感しかなかった。

「悪いことは言わないから、そんな場所には近付かないほうがいいよ」

わざわざ夜中の見通しが悪い時間帯に、事故の多い場所に行くこと自体、眉を顰めるようなことではないか。ましてや周囲に車を駐める場所すらないのである。

それも、幽霊が見たいなどという不謹慎な理由で行くものではない。

その幽霊は、つまりは過去の交通事故の被害者ではないか。

天笠さんは優一を止めたが、彼は聞く耳を持たなかった。

「今から行ってくる」

メッセージアプリに優一からメッセージが届いた。

もう日付が変わる頃だった。誰か一緒に行くのかと返すと、一人だとの答えが戻ってきた。

心配だが、止めても無駄だろう。諦めて布団を被り直した。

その夜見た夢は悪夢だったことだけは覚えているが、その内容については起きたときには忘れてしまっていた。

枕元のスマートフォンに、優一からのメッセージが届いていた。

「粘ったけど、幽霊は見られなかった」

その文面を見た瞬間、妙に腹が立った。

「行ってきたよ」

昼過ぎにまたメッセージが入ったので、説教の一つでもしてやろうと、天笠さんは街道沿いのファミレスに優一を呼び出した。

「よー。悪い悪い」

約束の時間を十五分ほど過ぎた頃に、彼は何も悪びれる様子を見せずに姿を現した。

二人してドリンクバーを注文して、飲み物を取りに行く。

天笠さんは紅茶、優一はコーラを注いで席まで戻った。

「全然大丈夫だったよ」

優一は席に着くと、スマートフォンを取り出して写真アプリを起動した。

暗くてはっきりしないが、苔むした頭のない地蔵尊らしきものの脇で、自分の顔の横でピースサインをしている自撮りを見せられた。

「本当に一人で行ったの？」

「だって、俺の友達は誰も幽霊なんかに興味ないって言うしさぁ。何なら天笠が一緒に行ってくれてもよかったんだけど」

まっぴらごめんである。

そのときまで具体的な場所を想像できなかったが、優一が地図アプリを起動して場所を詳しく教えてくれた。

普段は通ることはないが、車ならものの二十分も走れば着く場所だった。

「もう行かないほうがいいよ。次に事故るのが優一だったら嫌だし」

「心配してくれるのかよ。でも昨日は幽霊に会えなくて残念だったから、そのうちまた行こうかなと思ってるんだよね」

「やめなってば。あんたのお母さんに言いつけるよ」

「あはは。冗談だよ」

優一は笑顔を見せた。

「それでさ——」

彼はその横断歩道の横に車を停めてからの話を続けたが、天笠さんには興味を惹かれる話題ではなかったので、ただうんうんと頷くだけだった。


まさか本当に行くとは思っていなかった。

数日して、天笠さんは、母親からメッセージを受け取った。

優一が亡くなったとの連絡だった。

——まさか。

急いで帰宅すると、母親が喪服を用意してくれていた。

母親と二人でお通夜に行った。

焼香の際に気が付いたが、彼の棺桶の蓋は閉じられていた。

「もうこれで最後だから、優一の顔を見てお別れをしたいんですが——」

彼の両親にそう伝えると、丁重な口調で「残念だけど」と断られてしまった。

「あなたは見ないほうが良いわ。あの子、首がないのよ——」

後日、彼が亡くなる原因となった事故の話を聞いた。

夜中に件の横断歩道のすぐ脇で起きた、大型トラックの横転事故に巻き込まれたのだとのことだった。

前方を走行していた大型トラックが急に横転し、その車体の下敷きになったらしい。

そうなると、身体のほうもただでは済まない状態だったのだろう。

御両親が棺桶の蓋を閉じたままだったことも、それなら納得ができる。

そのとき、天笠さんは、不意に「お地蔵さんのバチが当たったのかも」と考えた。

興味がなかったので、特に真剣に聞いていなかったが、ファミレスで写真を見せながら、彼は天笠さんにこう言ったのだ。

「あの地蔵っぽいもの、頭がなかったから、そこに転がっていた石ころを載せたんだよ。

でも何か普通だなぁって思って、その載せた石ころ蹴飛ばして帰ってきた」

いたずらっ子のような笑顔だった。

「そんな罰当たりなことしちゃダメだよ」

何となくそんな感じに返した気もする。

地元の人なら、もしかしたら何か知っているのではないか。

そう考えて、天笠さんはその横断歩道に出る幽霊とやらの話を調べ始めた。

高校の先輩が、確かあそこから近い病院に看護師として勤めているはずだ。

まずはダメ元で彼女に訊いてみよう。


「高原先輩、お久しぶりです」

高校の先輩にメッセージアプリで久しぶりに連絡を取ると、彼女は二つ返事で話を聞かせてくれることになった。

高校近くのファミレスで待ち合わせたが、時間には既に彼女は店内にいて席を取っていた。

最初は雑談をしていたが、不意に先輩が核心を突く質問をしてきた。

「どうしてそんなことに興味を持ったの？」

どきりとした。

まだ優一のことは心が消化し切れていない。天笠さんは戸惑った末に答えた。

「――幼馴染みがそこで事故に巻き込まれたので」

その答えを聞いて、高原先輩もどう返すべきか迷ったようだった。

「そうなんだ。もしかして、先日のあのトラックの下敷きになった事故かしら」

天笠さんが頷くと、先輩は「そうなんだ」と繰り返した。

「うちの病院、あの事故現場から近いからさ、救急車でよく搬送されてくるのよ。あのときの事故の運転手も、下敷きになった男性も、多分うちの病院に運ばれたはず」

私はその日は昼勤だったからその場にはいなかったけど、と先輩は呟くようにして補足した。

彼女によれば、あのバイパスでは確かに事故が多いらしい。

即死するような事故も多いが、命が助かった者もいる。ただその人達も、重篤な障害を負っていることが多いという。

「それでね、まぁ、信じられない話だと思うけど――」

高原さんは、そう前置きをして教えてくれた。

「その被害者の人達がね、リハビリのときとかに全員同じことを言うって、うちの理学療法士が気持ち悪がってたのよ。夜中なのに子供が飛び出してきたって。あとは誰もいないのに、急に横から鞠《まり》が転がってきたって――」

高原さんはその後で、彼女の実家近くの地主さんを紹介してあげると言ってくれた。

多分、その辺りの土地は元々その地主の永野さんが管理していたはずだというのだ。

先輩とともに永野さん宅を訪ねることになった。

急な訪問だったが永野さんに事情を告げると、嫌な顔一つ見せず書庫から古文書を取り出して見せてくれた。

文書には、あのバイパスの通っている辺り、特に横断歩道がある場所に関する記述があった。

「あの場所は、昔、首の晒し場があったそうだよ。ただ、日が落ちて夜廻りに行くと、鞠遊びをしている童がいる。提灯の明かりを向けて目を凝らすと、鞠ではなくて人の首だった。驚きの声にその童は何処かへ姿を隠した――と、そんなことが書いてあるね」

永野さんは、古い話だから何処まで正確かは分からないけど、気持ちが悪い話だなと腕を組んだ。

「――その童の名前はね、〈すげ替え童子〉というらしいよ」

「新しい首が晒されるって、本当に気持ちが悪い――」

永野さんの手前、はっきりとは言えなかったが、先輩を実家まで送っていくときにそう口にしてしまった。

「そうだね。何か、そういうのがいるのかどうか知らないけど、私もあの道通りたくなくなっちゃった。晒し場なんてあったんだ。全然知らなかった」

先輩も少なからずショックを受けているようだった。

当然だ。彼女も例の横断歩道付近での事故被害者と直に接しているのだ。

先輩を送り届け、自宅へ戻ろうとハンドルを握った。

来た道を戻る途中、行きに使った道が工事の関係で通行止めになっている。

ナビの電源を入れたところ、あの横断歩道があるバイパスに迂回するように指示された。

見通しの良い直線道路。今は真っ昼間だ。

大丈夫。

そう自分に言い聞かせてバイパスへと車を走らせた。

と、突然前を走る車が上下線を隔てる中央分離帯に衝突した。

天笠さんは思い切りブレーキを踏んだ。

直後、激しい衝撃が伝わってきた。

何かに乗り上げたのだろう。車が上下逆さになっている。

——事故った？

自分の置かれている状況が把握できなかった。全身が打ち身で痛む。シートベルトをしているので空中で固定されているが、その箇所が酷く痛む。

シートベルトを外し、何とか車から這い出ようとしていると、ベチャ、ベチャ、という音がして、草履を履いた子供の足が見えた。

事故現場に子供が入ってきたら危ない——。

そう思った直後に、その子供から声を掛けられた。

「ねぇ、死んだ？　死んだ？」

そう問う声に天笠さんは、混乱した。

「そんな言葉、口にしたらダメだよ」

ああ、傷が痛む。

「だって、これ飽きちゃったんだもん」

無邪気な口調で、子供は何かを転がした。

先ほどからベチャベチャと聞こえていたものは、彼女が鞠を突く音のようだ。

目の前にそれが転がってきた。歪《いびつ》なそれに視線を向けると、それは逆さまになって血に塗れた幼馴染みの顔だった。

鈴の音

久美子さんが近所の神社へお参りをした後にベンチで一休みしていると、年配の女性に声を掛けられた。小柄でおっとりした感じの外見に見合わず、話してみると意外とシャキシャキ話す人だった。老婆は隣に座ると、「神社に来るなんて信心深いのね」と眉を下げた。

久美子さんが「ええ、まぁ」と曖昧に濁すと、老婆は、

「私のほうは孫が心配でね、ここにもお参りに来たのよ。他の所にも行ったし、お墓参りとかもしたんだけれど――」

そこで一度言葉を区切り、こちらに視線を向けた。

「悪いとは思うんだけど、聞いてくれるかしら。別に聞き流してくれればいいから」

そう前置きして話し始めた。

老婆のお孫さんは海斗君というらしい。

彼は現在県内の大学に通っている。

最近は車の免許を取った与田君という友達に誘われて、深夜に心霊スポット巡りをするのが趣味だったそうだ。

その夜の冒険に選ばれたのは、県内の旧◆◆トンネルという廃トンネルだった。

そこには女の幽霊が出るとか、女児の幽霊が出るといった噂があるが、周囲でそんなものに遭ったことのある人物はいない。何度か訪れているが、何も怪異など起こらなかった。

だから、今回も危険はないはずだ。

彼らにとっては単なる夜中の観光地巡り、それも少し歩くから良い運動になる——その程度の認識だった。

海斗君と与田君、そして濵田《はまだ》君という男性三人連れで、車を駐められそうな場所にまで乗り付けた。

廃トンネルなので、車の通行は禁止されている。道も荒れているし、落ち葉の掃除などもされていない。

以前訪れたときから季節は過ぎているが、基本的に変わっていない。

トンネルまでだらだらと怪談話をしながら向かったそうだ。

幸い他の同好の訪問客がいる様子もなかったので、最初は怖くもあったが楽しかった。

おかしいと思い始めたのは、歩き出して四十分ほどが過ぎてからのことだった。

トンネルまでの道のりがやけに遠い。

つづら折れになった緩やかな坂道を辿っていくのだが、一体何回角を曲がれば辿り着くのか。

半年ほど前に来たときは、トンネル到着まで二十分くらいしか掛かっていない。しかもそのときには同行者に女の子がいて、やたらと怖がりながらだったから、いつもより遅くなった覚えがある。

「なぁ、何か遠くないか？」

そう訊ねると、友人達も同意した。

立ち止まってそれぞれが懐中電灯を周りに向けたが、相変わらずの景色だ。並んだ杉が邪魔をして、何処まで登ってきたかも判然としない。

つづら折れを曲がらないとトンネルは見えない。

無論、いつの間にか通り過ぎてしまったというようなものではない。

前回は、トンネルの中に薄ぼんやりとした蛍光灯が灯っていた。

トンネルまでは、カーブミラーが幾つかあったはずだが、そういえば今回はそれを見た記憶がない。

そう海斗君が二人に話しかけると、いや、カーブミラーはあったよと濵田君が答えた。

ならば単なる見落としなのだろう。きっと遠く感じるのも気のせいに違いない。

三人は先ほどよりも勾配が急になった道を、早足に歩き始めた。

勾配はもはや息苦しくなるほどだった。

——こんなにきつかったかな。

そう思いながら進んでいくと、先を照らす懐中電灯の光の中にトンネルらしきものが見えた。


三人はトンネルに踏み込んだ。

だが、前回と違って、蛍光灯も点いていない。それよりも夏場なのにやたらと寒い。背筋に震えがくるほど寒いというのはどういうことだ、
息苦しいのは空気が淀んでいるからだろうか。

トンネルを抜けるまで行こうと歩いているうちに、濵田君が膝をついてしまった。

「おい、どうしたんだよ」

「何だか、やたらと足が重くって。苦しいし、ちょっと辛い。坂がきつかったからかな。ちょっと休ませてくれ」

そんなことを言われると、海斗君も足が重くなったように感じた。

「おいおい。こんな気味の悪いところで立ち止まんなよ」

車を運転してきた与田君が責めるが、海斗君も息が切れている。

「悪《わり》ぃ。俺もちょっと気持ち悪い」

海斗君が休もうとしゃがみ込むと、与田君も「仕方ねぇなぁ」と言いながらトンネルの壁に背を凭れた。

ちりん。

そのとき、鈴の音が聞こえた。

音が聞こえたのはトンネルの先からだ。

三人が揃ってそちらに懐中電灯の光を向けると、その光の輪の中を、ちりんちりんという音が近付いてきた。

音の源は五人組の僧侶だった。

懐中電灯の光で、顔は辛うじて見えたが、年齢が分からない。皆げっそりと痩せこけており、揃ってこちらを小馬鹿にするような嫌な笑みを浮かべている。

同一人物が並んでいるようだった。

僧侶達は一列に並ぶと、手に持った錫杖《しゃくじょう》を鳴らしながら歩いてくる。

その速度が尋常ではない。まるで滑るかのように近付いてきたかと思うと、あっという間に三人の横をすり抜けて歩み去った。

遠ざかる鈴の音を耳にしながら三人は、五人の僧侶達を見送った。

何か巨大な恐ろしいものが、すぐ真横を通っていったような感覚で全身が震えていた。

あれは異常なものだ。

僧侶が近付いてくる間、三人は懐中電灯を床に向けていた。

何か本能的に、僧侶達を照らしてはいけないように思ったからだ。

だから殆ど真っ暗だったのだ。にも拘らず、はっきりと顔の皺《しわ》一つまで認識することができた。

鈴の音が完全に聞こえなくなった後で、三人は絶叫した。

だが、それからが問題だった。

車に戻るには僧侶が立ち去ったほうへ歩いていかなくてはいけない。

「何なんだよ！　あいつら何なんだよ！」

与田君が大声を上げた。怖いのだろう。

すぐにでも逃げ出したいのは海斗君も同じだった。

しかし、今はどうすることもできない。

せめて真っ暗なトンネルからは出ようと海斗君が提案し、三人は途中まで歩いてきたトンネルを抜けるのを諦めた。

「今回は諦めるってことでいいな？」

与田君が訊いた。二人は頷いた。

当たり前だ。通り抜けるなど無理に決まっている。

また僧侶達が来たらどうするんだ。

トンネルの入り口脇で今後の計画を立てた。あの一行が駐めた車の横を通り過ぎるまでは二十分と掛からないはずだ。

きっともっと速いだろう。

そもそもあれは何だ。あれは人間なのか？

三人は堰が切れたように先ほど見たものについて意見を出し合った。

足を動かしていなかった。足音もしなかった。錫杖の音なのに、小さな鈴みたいなちりんちりんという音だった。棒の先の輪っかから、あんな音がするはずがない――。

そこに、濵田君がおずおずといった調子で口を挟んだ。

「僕、鈴の音じゃなかったと思うんだ」

「じゃあ何だよ」

「甲高い女の悲鳴」

「うわ。もっと怖いこと言う奴が出た。でも――俺も横目で見られたときに、がっつり目が合っちまったんだよな――」

与田君が珍しく泣き出しそうな声を出した。

帰ろうよ。帰りたいよ。だけど、車に戻るまでが怖いだろ。

延々とそんな話をしていると、他の肝試し客がやってきた。

「こんばんは、ここ旧◆◆トンネルでいいんですか」

そちらに目を向けると、大学生らしい男二人女二人の団体だった。

三人は四人に話しかけて、先ほど遭遇した内容を伝えた。

だが彼ら四人は、そんなものは道中で見ていないと答えた。

三人の剣幕に押されたのか、話した内容を信じてくれたのか、四人のうち一人の女子がトンネルに入りたくないと泣き出した。

一方で一組の男女は、せっかく来たのだからとトンネルに入っていった。

残った二人に、車まで一緒に戻るのに同行してくれるかと話を振ると、大丈夫ですよと即答してくれた。

三人はやっと胸を撫で下ろした。

ほんの十分と経たずに戻ってきた男女と合流して車まで戻った。

帰りは以前の記憶と同じ程度の時間で辿り着いた。

与田君が車に駆け寄った。

何も異常はなく、悪戯もされていない。

男女四人とはそこで別れ、与田君の運転で無事に家まで戻ることができた。

＊

「ごめんねぇ長い話を聞いてもらっちゃって」

老婆は久美子さんに対して笑みを見せると、彼女の孫の話を続けた。

元々海斗君の両親は共働きで、帰宅も遅い。よく自宅のすぐ近くに住む父方の祖父母宅で夕飯を食べたり、そのまま泊まったりもしていた。

ある日、いつものように訪れた海斗君の様子が違っていたのは、祖母の目からも明らかだった。

何か心配事でもあるのかしらと考えていたところ、彼は祖父母に心霊スポットでの体験を打ち明けた。

心霊など全く信じていない親に話すと、馬鹿にされた上に説教されるからだ。

それならばと孫に甘い祖父母に話すことにしたのだろう。

心霊スポットの旧◆◆トンネルに行ったときに、奇妙な僧侶とすれ違ったこと、その前にトンネルに至る道がやたらと遠く感じたこと。

こんな姿をしていた、こんな音を聞いた、事細かに説明をしたらしい。

それは面白いこともあるなと、祖父は熱心に聞き入ったが、祖母のほうは気持ちの悪い話だと捉えた。特に僧侶の姿をしているところが質が悪い——そんな気がしたのだ。

なので途中で孫の話を聞くのを中断し、夕飯を作りに台所へ向かった。

だが、夕飯の支度を終えて戻ってきても、二人はその怪異の話や、他の怪談話も始めていた。彼女はいい加減にしなさいと叱りつけた。


——ちりん。


その夜、海斗君は祖父母宅に泊まっていく予定だった。

だが、夕飯を食べ終えた頃に彼のスマートフォンにメッセージが入った。

彼は慌てて自宅に帰ることになった。

聞けば、心霊スポットに行った友人の一人が亡くなったとの知らせが入ったらしい。運転手をしていた与田君だという。

酷く落ち込んだ様子の孫を見送り、祖父母も心配をしながらその夜は休むことにした。

翌朝、祖父が夜中に鈴の音を聞いたと首を捻っていた。二人で布団を並べて寝ているので、祖父が起き出すほどの鈴の音なら、自分も気が付くはずだ。

「海斗と変な話をしていたからですよ」

「そうか――そうかもな」

窘《たしな》められた祖父は、それでも納得がいっていないようだった。

翌日も翌々日も聞こえたと何度も繰り返し、何か考え事をしている。

「それはおかしいですね――」

――何か悪いことが起きなければ良いのだけれど。


それから一週間ほどして、祖母の元に海斗君の父親から電話が掛かってきた。

今朝、海斗君の母親が亡くなったとの知らせだった。

慌てて祖父母揃って海斗君の家に向かった。

話を聞くと、数日前から様子がおかしかったが、今朝起こそうとしたら既に亡くなっていたという話だった。

救急を呼び、そこから警察が呼ばれ、現場検証が先ほど終わった。これから葬儀の準備だ。

数日ぶりに会った海斗君は、俯《うつむ》いて口も利けない状態だった。

葬儀屋に連絡を入れ、役所の書類を準備し――と、時間は慌ただしく過ぎていった。

様子を見ていると、やはり海斗君は相当消耗しており、精神も不安定になっている。

元々線の細い子だったが、親しい人の死が相当堪えているのだろう。不意に無言のまま涙をボロボロと零す。もうそうなると感情が止まらないようだった。父親が息子に「お前も手伝え！」と大声を上げても、何も手に付かない様子だった。そこは祖父母が手を貸し、海斗君には自室で過ごしてもらうことにした。部屋の前まで一緒に行って励まそうとしたが、孫は大泣きをして、ごめんなさいと繰り返した。

自分があんな話をしたからだと思い詰めたように繰り返す。

その話によれば、海斗君は結局母親に事細かに心霊スポットでの話を聞かせていた。

母親は死ぬ前の数日、鈴の音が聞こえて眠れないとぼやいていたという。

——ちりん。

祖父は帰り道に海斗君のことをしきりと気にしていた。

「海斗の奴は友達も亡くしたばかりだからな。そりゃショックだろう」

先日連絡が入った友達は、やはり朝に家族が起こそうとした時点で事切れていたらしい。

帰りがけに部屋から出てきた彼は、祖父母も危ないかもしれないと、必死に訴えた。

その様子に父親は腹を立てた。

「こんなときに変なことを言うな！」

そのとき、彼のスマートフォンに連絡が入った。

友人の濵田君が先ほど病院に担ぎ込まれたとの知らせだった。

何人かのグループで遊びに出かけた帰りに不調を訴え、現在高熱で意識不明だというのだ。

その知らせに海斗君は愕然《がくぜん》とした様子だった。

海斗君は母親の葬儀の間も始終不安定で、あまりの錯乱ぶりに葬儀に来ていたお坊さんに相談し、葬儀とは別にお祓いのようなことまでしてもらった。


葬儀が終わって暫くしても、海斗君の祖父は、変わらず鈴の音が聞こえると訴えた。

「私も何度も夜中に起こされて、鈴の音が聞こえるだろって訊ねられたんですけどね。私には一向に聞こえないんですよ」

彼女は孫も心配だが、夫のことも心配だった。

身内の不幸があったことで、幻聴でも聞こえているのかと思ったのだ。

――ちりん。

ある日、買い物に出たときに、夫から頼み忘れていたものがあったとの電話を受けた。するとと、電話口で話す夫の背後から、鈴の音が、ちりん、ちりんと微かに鳴っているのが聞こえた。

彼女は慌てて家に帰ったが、鈴の音などやはり聞こえない。

気のせいとは思えない。既に二人亡くなっている。

お祓いを受けてみようかしらと、夫に相談したが、気にしなければ良いの一点張りで、聞き入れてはもらえなかった。

せめて御先祖様に護ってもらおうと、お墓参りに行った。

だが、海斗君の祖父も、話を聞いてから一カ月と経たずに亡くなった。

「健康な人だったのにねぇ。心筋梗塞で、あっという間でしたよ――」

海斗君が取り乱すから、葬儀の後に、別のお坊さんも呼んで念入りに供養してもらった。

「それから鈴の音は聞こえてないんだけどね。話をしたら憑いてくるなんて、何だかホラー映画みたいじゃない。もう身内で残ってるのは、海斗とその父親——私の息子ね。あと私。病院に担ぎ込まれた濵田っていう友達も、そのまま肺炎で亡くなったらしいわ」

——ちりん。

先ほどから、何処かからか鈴の音が聞こえてきている。

今聞いている話と、何処かでシンクロしているのではないか——久美子さんは不安を感じた。

「きっとねぇ、私は話を全部聞いていないから平気なのかもしれないわ。海斗は他人にこの話を聞かせるために生かされてるのかも。あと、あたしもね——」

老婆はそんな不穏なことを言い残すと、それじゃあまたねと、足早に歩いて去ってしまった。

＊

「あなた、大丈夫だった？」

聞かせてもらった話を整理し切れずにいると、中年の女性から声を掛けられた。

「あの方から、お孫さんの話を聞かされたんじゃない？　大丈夫だった？」

大丈夫とは何のことだろう。

「何か――あるんですか？」

不安に思って女性に理由を訊ねると、彼女は「大丈夫なら良いのよ」とその場を立ち去ろうとしたが、久美子さんは食い下がって、何があったかの断片を教えてもらえた。

あの老婆がこの神社に頻繁に通っていること。

過去に何人か、彼女の話を聞いてしまった老人がいたこと。

その全員が、今は神社には来なくなってしまっていること。

そして、皆が皆、鈴の音が聞こえるようになったと漏らしていたこと。

それだけ話すと、中年女性は逃げるようにしてその場を後にした。


――ちりん。

薬指

友人に武道教室の指導者をしている人物がいる。

彼は十年以上前に、珠美さんという女性と結婚したのだが、彼女は実に奔放で、かつ行動力のある人物だ。今はインドにいて、なかなか日本に帰ってこない。

以前友人に聞いた話では、珠美さんも半年に一回ほどは帰ってきていたが、全世界的な流行病の影響があって、ここ最近は帰ってくる頻度が減ったとのことだった。

友人のほうから会いにいけばいいのではないかと訊くと、彼は飛行機に乗れないのだと打ち明けた。若い頃からの飛行機恐怖症だという。

それゆえ彼のほうからはインドに行くことができない。勿論日本で教室もある。長期間空ける訳にはいかない。そのうち友人もインドに行くことを考えているらしいが、その際には貨物船の客室に乗ることを想定しているらしい。

それが現実的かどうかはよく分からなかった。

つまり彼にとっては、妻が国外に単身赴任しているような状態なのだ。

そんなある日、珠美さんが久しぶりに帰ってきたから、一緒に集まって食事でもしようと誘われた。久しぶりに会った珠美さんは、大分インド化していた。着ている服や雰囲気がエスニックな感じになっている。聞けばなかなか日本に帰ってくることができずにいる間、現地で会社を立ち上げ、着実に会社を大きくしていたらしい。

彼女の会社は、雑多に色々なことをやっている。

その一つに、インドや近隣の国の雑貨や民芸品をお土産用に仕入れて売るという、小さな商社のようなことをやっている。

珠美さんの下にはバイヤーが何人かいるが、その中に、中川さんという日本人がいる。

彼は今五十代で珠美さんよりも年上だ。若い頃からインドの北方、ヒンドゥースターンという文化圏に長年滞在していた人物である。現地の言葉も流暢《りゅうちょう》だし、勿論日本語も使える。

そこで珠美さんの会社と契約して、インド北方、パキスタンやネパール辺りのバイヤーを担当し始めた。

「――この彼が、先日、不思議な体験をしたと報告してくれたのよね」

珠美さんは、彼から聞いた話を語ってくれた。

中川さんは生粋の日本人だが、容姿がやインド北方やネパールの辺りの人達に近い。彫りが深くて目がぎょろりと大きい。学生の頃まではずっとあだ名がガンジーだった。ネパールには百を超える民族や言語がある。初めて会った現地の人間も、彼を地元出身だと勘違いする。それゆえに彼は現地に溶け込みやすい。

そのような事情もあって、彼は普段中川ではなく、サジャーンと名乗っている。

あるとき、中川さんはインドから国境を越えて、ネパールにまで足を伸ばした。とある街で、お土産用の民芸品を市場で仕入れようとしたが、余り良い出物がなかった。今回は空振りかなと思ってホテルに戻り、この付近でお土産用の商品を仕入れたいのだが、何か現地の特産品や民芸品、それを扱っているお土産屋はないだろうかとホテルマンに話しかけた。

中川さんに問われたホテルマンは答えた。

「お土産屋はよく分かりませんが、大きな市が次の週末に立ちますから、それを見てから帰ったらどうですか」

なるほど、それまでなら滞在してもいいだろう。

彼は現地の言葉も堪能だが、やはり地元の方言のようなものまでは分からない。そこで現地で通訳兼雑用として二人の男性を雇った。

人材を派遣してくれる会社は以前も使ったことがある。

市は週末の二日行われるらしい。その前に雇った二人と面通しをしておこうと、二人をホテルに呼んだ。

二人からはホテルのロビーで、現地の治安などについて情報を集めた。

市の立つ当日になった。ホテルマンから事前に案内されていた広場に向かうと、確かに規模の大きな市が立っていた。周辺の街からも商人が来ているようで、中川さんは幾つかの店と商談を行った。

初めての街で不案内なこともあって、気付くと町外れだった。

「旦那、お守りみたいなものとかも仕入れられるんですよね」

派遣された一人、クリスナさんから質問された。

「ああ。そういうものもあるといいな」

地域での宗教的なシンボルなども、人気のあるお土産になるだろう。

「それなら、良い店を紹介できると思います」

彼は道を折れた。少し歩くと緑色のドアの店があった。

占いなのか呪術なのかは分からないが、魔除けの札やら幸運のお守り、数珠やアクセサリーのようなものを取り揃えた怪しげなところのある小さな店だった。

「ここにはお守りとか、他人からの恨みを躱《かわ》すための物とかを売っているから、旦那に喜んでもらえると思うよ」

仏教的なモチーフなのか、ヒンドゥー教的なモチーフなのか、それともそれが混在しているのか、中川さんにはよく分からなかったが、確かに魅力的だ。

ただ、オカルティックな呪具のようなものは、お土産として数は捌《さば》けそうにない。

「好きな人は好きだろうね。少量仕入れていこう」

中川さんはそう言って、店内を見て歩いた。

目に付いた使い方の分からない小物類や水晶の玉、幸運のお守りに、壁に貼っておくと悪霊を寄せ付けないというお札。様々仕入れたが、中川さんにとってはどれも雑貨の類である。すぐに悪くなるような品でもないから、時間が掛かっても価値の伝わる人間に売ればいい。

一通りの説明も聞いて、さぁホテルに戻ろうと思ったところで、店主の背後の棚に、不思議なものがあることに気が付いた。

それは干からびたミイラのようなもので、小さな小さな手の形をしている。

小型の猿の腕を切り取って干したものではないかと思ったが、それにしても小さい。

恐らく子供の猿の手を使っているのだろう。

「それは何か教えてくれるか」

店主にそう声を掛けると、彼は怪訝な表情をした。

「これはお土産物じゃない。人を呪うためのものだ」

店主の言葉をもう一人の通訳、バハズラさんが訳してくれた。

「ただ、あんまり売りたくないんだ」

「ああ、そうなんだ」

だが中川さんはその奇妙な手のことがやけに気になった。

そこで彼はバハズラさんに声を掛けた。

「それはどうやって使うものなのか訊いてほしい。もし買ってすぐに試せるなら金は出そう」

その言葉を店主に伝えると、店主は顔色を変えずに答えた。

「何だ、これに興味があるのか。こちらも商売だから、金さえ払えば売ってやるし、使い方も教えてやる。だが高いし、何が起きても店のほうでは責任を負わないぞ」

中川さんは値段を聞いて驚いた。

六万ルピー。日本円にして七万円弱ほどだ。

しかも手一本分の値段かと問うと指一本分でその値段だというのだ。

普段の中川さんであれば絶対に買わないが、何故かそのときにはその手が気になって仕方がなかった。

「これは何に使うものなんだ」

「買うなら教えてやる」

それならまず手に取らせてくれと伝えて現物を受け取る。軽い。まじまじと見ると、その干からびた手の小指が、すっぽり抜けたように存在していない。

「小指はどうしたんだ」

そう問うと、店主はもう既に一本使われている状態なのだと答えた。

店主によれば、手に入れた時点でこの状態だったらしい。

「分かった。試しに一本買わせてもらう」

そう伝えて、他の商品の会計も全て済ませた。

商品を全て包んでもらい、クリスナさんとバハズラさんに持ってもらう。

「そっちの二人には聞かせられない。お前、言葉は少し分かるな」

店主は、通訳二人に店の奥に行って待っているように伝えた。

二人がそれに従うと、中川さんに説明を始めた。

店主によれば、その手は願いを叶える手なのだという。ただし、指一本につき願い事が一つ叶う。願い事は他人に伝えてはいけない。

——まるで〈猿の手〉じゃないか。

中川さんは、若い頃に読んだホラー小説を思い出した。

「願い事を考えながら、どの指がいいか選べ」

「それなら、薬指を頼む」

「指は引っ張れば抜ける。願い事を思い浮かべながら、根本から思い切り引っ張れ。その指はお守りとして持っておけ」

「今すぐじゃなきゃダメなのか？」

「今すぐだ。でなければ丸ごと買うか？」

店主はいやらしい笑みを見せた。

――それならば仕方がない。

勿論詐欺の可能性だってある。しかし、店主は妙に自信ありげだ。

彼はその場で思いついた願いを祈りながら薬指を抜いた。

指を抜くと、手の甲のほうまでぺりぺりと皮が剥けた。

干からびてはいるが、抜いた部分から覗く内部は、ザクロのような赤色がはみ出して気持ちが悪かった。

「これでお前の願いは叶うだろう。今それを包んでやる。ちゃんと持っておけ」

店主は新聞紙の端切れでその指を包んでくれた。

「色々な商品を準備しとくから、また寄ってくれ」

貼り付けたような笑顔でそう言うと、店主は下がらせていた二人に声を掛けた。


店を出るともう日が沈みかけていた。

ホテルに帰ろうと二人に声を掛けた。

既に道沿いの露天は店じまいされていたが、明日も市は開催される。

また通訳兼雑務担当の二人には色々と働いてもらわねばならない。

だが、帰りの間中、自分が直接理解できない言葉で、クリスナさんとバハズラさんがずっと話をしている。しかも会話の途中で何度も嫌そうな顔を見せる。

恐らく雇い主に伝わらないようにして、先ほどの手のことを喋っているのだろう。

——失敗だったか。

ホテルのロビーまで戻った。二人から荷物を受け取る。

「それでは今日はこれで。また明日お願いします」

そう伝えると、クリスナさんが困った顔を見せた。

「申し訳ないが、明日は二人ともちょっと休みにさせてもらえませんか」

「二人とも？　バハズラさんもですか？　でも二人とも来られないとなると、明日も市が立つ訳だし、こちらも商売にならないから、何とかしてほしいんですが」

「それなら代わりの人を寄越すように、上に相談します。それで勘弁してくれませんか」

「代理の人が決まったら連絡をください」

何か二人にとって都合が悪いことがあるのだろう。

そう考えた中川さんは、特に踏み込むこともなく二人と別れた。


ホテルの部屋に戻った。

確かに今日も変なものを買ってしまったとの思いが強くなってきた。

普段ならあんなに胡散臭い物に絶対に金を払う自分ではない。ただ、あの店の中では、どうしてもあれが必要だと思ったのだ。

——まあいい。

店主の振る舞いや、口車に転がされたようなものだ。

高いお守りを買ったと考えて、話の種にしたっていい。

何ならあの薬指を幸運のお守りとして転売したっていいのだ。

彼はポケットから新聞紙に包まれたそれを机の上に置いた。

全身に妙な倦怠感がある。

——早く寝るか。

彼はベッドに横になった。

寝てからどれくらい経ったのか、ふと目が覚めた。その直後に全身が動かなくなった。

何だこれは。

全く動けない。辛うじて瞬きくらいはできるが、それ以外は全身の力が入らない。

まるで身体への力の入れ方を忘れてしまったかのようだった。

暫く焦って色々と試行錯誤しようとしたが、全て無駄だった。

——金縛り?

そこで中川さんは、初めて金縛りという現象に思い至った。

彼は過去に一度たりとも金縛りを経験したことがなかったし、そんな言葉すら忘れていたからだ。

だが、金縛りという現象だと思い至っても、身体が動く訳でもない。

そのまま寝てしまえば良いのかもしれないが、眠気も来ない。

どうしようかと考えていると、腹の上に何かが降ってきた。何事かと思ったが、空っぽの瓶が落ちてきたくらいの衝撃なので、痛みを覚えるほどではない。

ただ、落ちてきたものが何か分からないことが不安だった。

何が落ちてきたのかと下を見ようとするが、首が動かない。

嫌なことにそれが次第ににじりながら上がってくる。

——結構大きいぞ。

腹から伝わる感覚で生きているものだと理解できた。

頭の中で嫌な想像が像を結ぶ。

蛇か何かだろうか。確かにこのホテルも古いから、何処かからか入り込んだ蛇が天井から落ちてきたのかもしれない。

身体が動かないのがもどかしい。どうやっても逃げられない。

もし毒蛇だったら——。

どんどん嫌な想像になっていく。

にじり上がるものが、首の位置にまで来たときに、球状のものが見えた。それがとうとう頬の辺りまで上ってきた。頬に当たる感触が、やけにごわごわしていて冷たい。

爬虫類——やはり蛇なのか。

そう思った直後に中川さんは気が付いた。

これは——赤ん坊だ。

気付いたのは、にじり上がってきたそれが耳元で小さい声で泣いたからだ。

相変わらず全身金縛りで逃げられない。パニック状態だ。

自分には全く身に覚えがない。何か恨まれるようなこともない。

身体は動かない。目の端に何か黒い赤ん坊のようなものがいて、耳からは小さく泣いている声が伝わってくる。

——これはダメだ。ダメだ。ダメだ。何だこれ。何だこれ！

思考が短絡化して、複雑なことが考えられない。

中川さんはその状態のまま夜が明けるまで過ごした。

それで夜が明けると同時に、黒い赤ん坊は消えた。

安心した中川さんは、意識を失った。


昼近くになって、彼は意識を回復した。

時計を確認して溜め息を吐く。もう市は半分以上店じまいだろう。

携帯電話を確認しても、人材派遣の会社からは連絡が入っていない。

今日、あの二人の代理のスタッフが連絡をしてくるはずだろう。

だが、もう全てが遅い。

——昨晩のあれは何だったのだろう。

中川さんは、昨晩の体験を反芻《はんすう》し始めた。

出てきたのは赤ん坊のようではあった。

自分の身体の上を這いずってきた赤ん坊らしきもののことを思い出す。あれにはどうも腕がなかった。

確かに両腕がなかったように思う。

そこで中川さんは昨晩の店で手に取った、あのミイラ状の腕を思い出した。

——あの指の持ち主は、一体何のミイラだった？

猿だと思っていたが、もしかして——。

想像がどんどん嫌なものになっていく。しかも実物は机の上にあるのだ。

ベッドから立ち上がり、昨晩ポケットから出して机に置いた包み紙に触れた。

違和感。

新聞紙で包まれた中には枯れ枝のようなもの、小さくて干からびた赤ん坊の薬指が入っているはずだ。

だが、指で触れた感じ、中に何も入っていない。

中川さんが恐る恐る新聞紙を開けてみると、そこには何もなかった。

「どうしてないんだ――？」
彼は声に出した。
包みはセロハンテープで留められており、中身が落ちることはあり得ない。
形状も昨晩机の上に置いたままだった。
空気に溶けてしまったのか。
しかし、あんなものが揮発するとは思えない。
気持ちが悪い。

部屋にいるのも嫌だったので、中川さんは荷物をまとめてホテルのロビーに移動した。
仕入れた荷物なども郵送しなくてはならない。
これはホテルに依頼すれば頼まれてくれるだろう。
それよりも次の街へ行くべきか、それとも会社に戻るべきか。
あの二人にも携帯の番号を告げてあるが、本当に連絡を取ってくれたのだろうか。
どうしようかと暫く迷っていると、連絡が入った。
電話の主は、人材派遣会社だった。

「中川さんですね。いつもありがとうございます」

「お世話になっております。実は昨日の二人が、今日は都合が悪いので、別の人に代わってもらう話は、伝わっておりますでしょうか」

「ええ。把握しています。それでですね――」

中川さんは、代理の人が早い時間に連絡を寄越さなかったことについて、どう文句を伝えようかと考えていた。が、その前に相手が話を続けた。

「実は昨日、クリスナとバハズラの二人から連絡がありまして、担当を外させてもらいたいって言っていたのですが――」

「確かに今日、新しい人を呼ぶように手配する――」

「いや、それでですね」

相手は急に声を潜めた。

「御迷惑なのは承知の上なのですが、暫く――一年か二年、もしかしたらもう少し長い間になるかもしれませんが、一度取り引きを中断させてもらえますか」

中川さんはその言葉に困惑した。一体何を言っているのだ。

「え、どうしたんです？　こちら側の対応で、何か悪いことでもありましたか？　理由は何ですか？」

「――いえ、急な話で悪いのですが、あなたの担当をしてた二人が、今朝二人とも亡くなったとの連絡が入りまして。ええ。急死していたんです」

「二人が亡くなった？　理由は分かりますか？」

「二人とも朝になっても起きてこないというので、家族が起こしに行ったときには、もう亡くなっていたらしいです。詳しい状況はこちらでも分からないのですが――」

人材派遣会社の担当は、その後で再度声を潜めた。

「これから警察の捜査が入るようです。ややこしい事件に繋がるかもしれないから、あなたは早く街を出たほうがいいと思うし、暫くこちらのほうには来ないほうがいいでしょう」

急な話だ。

つまり自分は二人が亡くなった事件の容疑者ではないか。

中川さん自身には何の心当たりもなかったが、そのような事情があるのなら、大事になる前にこの国を去るべきだろう。

長年の付き合いから、人材派遣会社の担当が個人の判断で連絡をしてくれたのだ。

「分かりました。街を出ます。ありがとうございました――」

中川さんは電話を切った。

ややこしいことに巻き込まれるのは嫌だったし、余りにも急な話だったが、ここはインドまで帰らざるを得ないだろう。

せっかく仕入れた商品だが、もしかしたら国境を越えては届かないかもしれない。

「中川さんが急に戻ってきたから驚いちゃってさ。話を聞いたらこんな変な話を聞かされたのよ」

珠美さんはハンドバッグから電子煙草を取り出して話を続けた。

「それでね、中川さんが最後に仕入れようとしたミイラの手ね。一体何のためのものなのか、そして、何であの二人が急に自分の担当を外れたいと言ったのか、それを言った翌日に亡くなったのか、そもそも指の行方まで、全然分からないんだって」

彼女は電子煙草の煙を吐き出した。

「ただ、彼が願ったのは、旅の間の自分の身の安全だったそうよ。インドだけじゃなくて、あの辺りは治安も悪いし、実際、各地で誘拐事件なども起きているしね。彼の説明だと、今の仕事に就く前の同僚が、酒場で初対面の人物と意気投合した結果、途中で記憶を失って、朝起きたら内臓を抜かれていたこともあるらしいの。あと彼はバイヤーとして、多額の現金を持ち歩くことも少なくないし、とにかくミイラの指には、自分の安全を祈ったらしいよ」

確かに彼は指に願った通り、安全に帰国し、珠美さんの会社で今も働いている。

「だからね。考えようによっては確かに願いは叶ってるのよね。彼も、俺は守られていたんだなって神妙な調子だったよ。私の話はこれでおしまい。どう？　参考になった？」

イヌヅラ

井戸端会議の常連女性の葛下さんから聞いた話。

彼女の住む家の隣に、新築戸建てが建った。

暫くして、そこに夫婦と一人娘が引っ越してきた。最初は仲睦《むつ》まじい家族のように見えた。引っ越してきた当時は、娘さんはまだ小学生だったように思う。

その次の春。娘さんの進級のお祝いなのか、それとも誕生日にでもねだったのか、一家は可愛い柴犬の子犬を飼い始めた。

娘さんが毎日犬の散歩に出ていたし、〈子犬を買ってもらった〉と自慢するように話していたのが印象に残っている。

——ああ、家族っていいなぁ。

ずっと独身で暮らしてきて、数年前に同居していた両親を立て続けに亡くしたこともあって、葛下さんはそう思ったという。

だが、雲行きが怪しくなったのは、娘さんが中学校に行かなくなったという噂を聞くようになってからだ。

暗い顔をして犬を散歩している奥さんに対して、葛下さんは声を掛けた。

すると奥さんは、娘さんが引き籠《こ》もりになって、終日自室に籠もっていると打ち明けた。

犬の散歩にも一切行かなくなり、結局自分が散歩させているのだと愚痴を零した。

話によると、どうも彼女は結婚以来専業主婦だそうで、転勤族の夫の仕事で地方を巡る関係から、話し相手も作ることができなかったらしい。

やっと腰を落ち着けたけど、今の状態では誰にも相談ができないとのことだった。

「娘さんのこと以外でも、何か御苦労なさっているの？」

心配に思った葛下さんがそう訊ねると、暫く逡巡していたが、最近、夫の様子がおかしくなってしまったのだと打ち明けた。

「――せっかく家も買って、本社勤めになったんですけど、それが悪かったのか、亭主関白みたいになってしまったんです。何か不満なことがあると、私のことも娘のことも殴ったり蹴ったりして。会社では外面良くしているのか、周囲の評価も高いみたいで」

ＤＶだけでなく、家にも戻らない日が続いているという。

「それは困りましたね」

葛下さんの心配顔に気付いたのか、奥さんは笑顔を作った。

「いえ。何かこっちばっかり話しててすいません」

「良いのよ。何かあったらまた話してね。家だって隣なんだし、困ったときはお互い様よ」

奥さんは犬を散歩させに行ったが、その背中には何か嫌なものがべったりと張り付いているように見えた。


それからひと月ほど経った。

最近、犬の散歩をする奥さんの姿を見かけないなと葛下さんは思っていた。

買い物帰りにドアの鍵を開けようとしている隣家の奥さんを偶然見つけて、彼女は声を掛けた。

「奥さん、お久しぶり。あれから――」

振り返った彼女は、顔に包帯を巻いていた。

鍔広《つばびろ》の帽子を被っていたので、背後からは分からなかったのだ。

「どうしたのそれ！」

驚く葛下さんの姿を見て、奥さんはボロボロと涙を流した。

「いいからうちに来なさい。大丈夫だから。ね」

そう声を掛けると、奥さんは無言のまま何度も頷きながら葛下さんの家に上がった。

リビングダイニングに通して、お茶を出す。

「何もなくてごめんなさい。落ち着いたら話してくれればいい——違うわね。何も言わなくても良いのよ」

しゃくりあげる奥さんをそのままテーブルに残し、葛下さんは夕食の準備を始めた。

少し経てば気持ちも安らぐだろうと思ったからだ。

お茶を替えにキッチンから戻ると、奥さんは大分落ち着いたようだった。彼女は包帯の理由を話してくれた。

夫に蹴られて階段から転落し、頭を縫ったのだという。

酷い暴力ではないか。そう憤る葛下さんに、娘もずっとイライラして、家中が酷いことになっているのだと彼女は打ち明けた。

誰と会っているのか、深夜に出かけて明け方に戻る娘は、母に暴力を振るうようになった。娘にはまるで何かが取り憑いているかのようで、もう会話もない。

そんな心の通わぬ二人のために、彼女は毎日三人分の食事を作っては並べる。

夫も娘も家で食事はしないらしい。

一人寂しく食事をし、次の日に残った食事を食べる。

「今夜は、うちで食べていく――？　あ。料理って言っても、全然大したことないよ。期待しないでね。私一人暮らしだから、出せるものも限られているけど」

そう笑いながら伝えると、彼女はこくりと頷いた。

そうして葛下さんの家に週に何度か隣家の奥さんがやってくるようになった。

彼女にしてみれば緊張のほぐれる唯一の機会だったのだろう。時々は控えめな笑顔を見せるようになった。


ある日のこと、葛下さんの家に顔を大きく腫らした奥さんがやってきて、相談に乗ってほしいと言った。

鬼気迫る様子に、葛下さんも決定的な何かがあったのだろうと判断した。

「あのね、私、ここに引っ越してきてから、何か良くないことが続いているような気がするの。夫も娘もここにくる前はあんな人ではなかったのに――」

そう言うと、彼女ははっと気付いた顔で、「長年住んでる人に悪いこと言ってしまってごめんなさい」と謝罪した。

「ううん。それは全然良いんだけど、確かに引っ越してきたときから大分変わっている気がする。それで——相談事って？」

「あのね、笑わないでね。何か運勢が良くなる方法を試したいの」

——神頼みだ。

葛下さんは表情に出さず、心の中で嘆息した。

彼女にはもう自力でできることは全て尽きてしまったのだ。少なくとも彼女はそう考えている。

「そうなんだ。それなら一人知り合いにいるから、紹介できると思うよ」

葛下さんは知り合いの占い師の連絡先を教えた。

その占い師は葛下さんの古くからの友人で、何やら俄には信じられないような話もするが、占いの腕は確かだ。

葛下さんの紹介なら、驚くような報酬を要求することもないだろう。

その場でメッセンジャーアプリで連絡を入れると、明日でもいいとの返事だった。

〈ただし、その奥さん一人で来なきゃダメだよ〉

条件はそれだけのようだった。


翌々日の午後、葛下家のインターホンが鳴った。

隣家の奥さんだった。

彼女は何やら高そうなお礼の品を携えていた。報告とお礼だという。

葛下さんは断ったが、気持ちだからと言って譲らない。

「それで――占いはどうだったの?」

そう訊ねると、奥さんは報告してくれた。

一言目から占い師の言葉は奥さんの心に刺さった。

「あなた――家で犬を飼ってるでしょう? ひょっとして、プロパンガスの近くに犬小屋がない? それが元凶よ」

とにかく犬の扱いが問題だというのだ。

占い師の指示通りに、犬小屋を家の北東の方角に置くことにした。

餌は一日一回とし、散歩も占い師の決めたコースに変えた。

——丑寅の方角？

占い師のことは信頼しているが、彼女が何かを企んでいるように思えた。

少なくとも、犬小屋を家の丑寅に置くなど聞いたことがない。

だが、葛下さんはそれには触れずに言った。

「それで色々良くなると良いですね——」


そこからは早かった。

一カ月と経たずに、御主人が倒れたとの報告を受けた。

職場での会議中に頭が痛いと言い出し、そのままソファーに横になって我慢していたらしい。ただ、途中から呂律《ろれつ》が怪しくなったのを心配した周囲が救急車を呼んだ。

診断の結果、脳梗塞だったことが明らかになった。

初動が遅れたことで、重い障害が残り、今は記憶もあやふやだ。

葛下さんは、その頃から柴犬が時折狂ったように吠え立てるようになったのに気付いていた。日の当たらない北東の隅に犬小屋を移された柴犬は、十分に散歩させてもらえていないらしかった。栄養不足なのか脱毛も酷く、ガリガリに痩せてしまっていた。

ある日、葛下さんは、その吠え声が聞こえないことに気付いた。

「もうあの吠え声にも耐えかねたので、保健所に送ったの。占い師さんにもそれが良いって言われたので――」

やっぱりあの犬が来てから全部がおかしくなったのよ、と奥さんは満面の笑みを見せた。

別れ際に彼女は言った。

「あのね。私、主人の介護で大変だけど、今が一番幸せなの――」

その表情に、葛下さんは背筋が凍るような恐ろしさを感じた。


葛下さんは、その夜に紹介した占い師に電話を入れた。

奥さんのことも心配だったが、何故一家が不幸に陥るようなアドバイスをしたのかが知りたかったからだ。

「――ああ。あの奥さんね。あれはもうダメよ。あんたも関わらないほうがいいよ。家を買ったのを妬んだ奴に、毒犬を送り込まれてたんだよ」

「毒犬？」

「うん。呪いの一種。友人だと思ってた奴に妬まれたんだよ。可哀想に。だからこれ以上関係しないほうがいい。あの奥さんさ」

——そろそろ犬になるよ。

電話口でそう断言されて、葛下さんはそれ以上会話を続けることができなかった。


半年ほどして、葛下さんの家のインターホンを押した隣家の奥さんは、黒いマスクを着けており、その言葉はくぐもっていて、酷く聞き取りづらかった。

「葛下さんには占い師の紹介もしていただいたし、お礼をしたいの。もし都合が良かったら——上げてもらえる?」

占い師の〈関わらないほうがいい〉という言葉を思い出したが、葛下さんは断ることができなかった。

ただ、家に上げたくなかったので、嘘を吐くことにした。

「今日はねぇ、ちょっと片付けを始めてしまって荷物が凄いから、玄関先でごめんなさいね」

玄関扉を開けると、雨に濡れた犬の臭いが鼻を衝いた。

久しぶりに隣家の奥さんの顔を見た葛下さんは、何も言えなかった。

奥さんの顔の下半分が、妙に突き出ている。

まるで犬のようなシルエットだ。

「聞いてくれる？　あのね。うちの娘なんだけど、馬鹿な男にくっついて家を出ていったの。帰ってこいと連絡しても帰ってこないし、今はもう連絡も取れないわ。でも彼女の人生だから仕方がないよね——」

妙にサバサバした口調だった。

そして彼女は、夫が昨晩階段から転げ落ちて入院したのだと続けた。これから保険金の手続きをしないといけないと言う彼女は、嬉しそうに目を細めた。

マスクの下で発される、くぐもった声が聞き取りづらい。

「あ、ごめんなさいね」

そのとき、奥さんがマスクを掛け直した。

外した彼女のマスクの内側は涎だらけだった。どうやら喋るときに、長すぎる舌を口の中に納めきれていないようだ。

彼女は口元から、生臭い息をハァハァと吐きながら続けた。

「私、葛下さんには、本当に感謝しているの——」

ひじき

恵美さんが異変に気付いたのは、十年ぶりの同窓会から帰ってきて、自室に戻ろうとしたときだった。

日曜日の夜だ。夫は自室で何か好きなことをしているのだろう。

帰ったよと廊下から声を掛けても反応がなかったので、恐らくヘッドフォンをして、大音量でゲームに集中しているに違いない。

恵美さんは溜め息を吐いた。

夫は悪い人ではないが、余り他人のことを思いやるのが得意なほうではない。

何も告げずに自室に戻ろうか、夫の部屋に顔を出そうか。どちらにするにしろ、化粧を落としたいので、シャワーは浴びるつもりだった。

廊下の明かりが不意に消えた。停電かと思ったが、外は街灯が灯っている。そのおかげで廊下も微かに明るい。

——ブレーカーが落ちたのかも。

確認するためにダイニングへ戻ろうかと、振り返った。

ダイニングに通じる扉の向こうには、夫の個室兼寝室がある。

夫の部屋の完全に閉まり切っていない扉の隙間から光が漏れていた。その光の中、白い手がひらひらと伸びてきていた。

ぷんと肉の腐った臭いが漂ってくる。足元に冷たい空気が流れてきた。

うぅぅと唸る声も耳に届いた。

そして半開きの扉の隙間から、もつれて絡まったぐしゃぐしゃの髪の毛をした女性が不自然な角度で顔を出してきた。

これは夫の悪戯などではない。

恵美さんは息を飲むと、さっと視線を外した。

彼女にはこの世のものではないものが見える。

そういうものはこちらから関わろうとしてはいけない。ただ見なかった振りをする。これが一番だ。

決して女のほうを正視しないように、あくまで自然な感じを装う。

——これ、あっちも気付いてるよね。

視線を正面に向けないように注意しながら、廊下の壁に掛けられている懐中電灯に手を伸ばす。その直後、ぱっと明かりが戻った。

ホッとした恵美さんが視線の端で扉を確認すると、白い手が夫の部屋の中に、するりと引っ込むところだった。

死霊となった女が夫の部屋にいる。きっと自分が留守のうちに、タチの悪いものを何処かから拾ってきたのだろう。

——もしかしたら。

死霊の女は、この家に居座るつもりなのかもしれない。

それはまずい。

恵美さんは動悸《どうき》の激しい胸を押さえながら、自室へと向かった。

本来なら、自分の個室にいる夫を呼び出し、変な女の霊がいると告げ、何らかの対処を二人で考えるのが筋だとは思う。

だが夫は完全な心霊否定派だ。

今まで何度も同じような経験をして、何度も頼ろうとして、何度も馬鹿にされるような言動で傷つけられてきた。

仕方がないので、今後の対処は明日に回すことにして自室に引き籠もることにした。シャワーも中止だ。

明日の朝には消えているといいけど——。

夫の部屋に、死霊の女がいる。それだけでも嫌で仕方がない。

もし、女が家の中を勝手にうろつき回るようになったら。

その先は考えたくなかった。


翌朝、夫に遅れて起きた恵美さんは、ダイニングに入るなり、夫の肩にひじきのように絡んだ黒い毛が載っているのを見て、悲鳴を上げそうになった。

肩まで伸びた太くごわついた黒い毛は、絡まり合って所々瘤《こぶ》のような形になっている。

頭部は夫の髪と混じってボリュームが増えている。そして白い手が夫の側頭部を支えるように出ている。

ひじきのような髪の毛をした女と、夫が重なって立っているのだ。

夫は、昨晩恵美さんが帰宅したときに、声を掛けなかったと不機嫌そうな顔を見せた。

声は掛けたけど返事がなかったから、寝ているのかと思って邪魔しないようにしたのだと返事をしたが、夫の機嫌は直らなかった。

――うそつき。

何処からか女の声が聞こえた。

仕事に出る夫を玄関先まで見送ると、たまたま朝から外を掃いている隣家の奥さんが夫を見て悲鳴を上げた。多分ひじき女が見えたのだろう。

翌日から、夫の出勤時間に奥さんの姿を見なくなった。ただ彼女が二階の窓から夫の姿を恐る恐る見ているのに気付いた。

女の死霊が憑いていると本人に告げても、信じないどころか馬鹿にしてくるだろう。できることは、お札やお守りくらいだろうか。

盛り塩も試してみたいが、効くのかどうかも分からないし、作り方もよく知らない。

恵美さんは色々と買い求め、それらを夫から目立たないように置いたり貼ったりしてみたが、どうやら効果はないようだった。

翌週の金曜日、夫が残業で遅くなった日には、ひじき女の姿は消えていた。

やっといなくなった。

恵美さんはホッとした。

あれほどはっきり見える死霊は初めてだった。でももう大丈夫だ。

そう思っていたが、週が明けて、再び夫が残業で真夜中に帰宅したのを玄関で出迎えたときに、思わず恵美さんは後ずさった。

ひじき女が、再び夫の背後にべったりとくっついていたからだ。

腐臭も酷い。

恐怖の表情を浮かべる妻に、夫は不機嫌さを隠そうともしなかった。

「疲れて帰ってきた俺に文句があんのかよ⁉」

「――文句なんかないわ。いつもお仕事お疲れ様。ありがとう。あの――遅いけれど御飯食べる？」

何とか取り繕いながらそう告げたが、夫は不機嫌そうな口調で、要らないと言い残して部屋に戻っていった。

ひじき女の両手が、甘えるようにして夫の首に回されていた。

ああ、嫌だ。

だが、死霊は夫の部屋からは出てこない。夫の部屋がどうなっているかなど、知りたくもない。胸を撫で下ろした恵美さんは、夫のために用意しておいた食事を冷蔵庫に入れ、自分の寝室へと向かった。

それからは夫が残業する度に、ひじき女は消えていたり戻ってきたりを繰り返した。理由が分からない。

そもそも帰宅する夫を出迎える際に、死霊が憑いているかいないかで、恵美さん自身の態度も変わる。

近くで死霊など見たくもないのだ。

だが夫も、出迎える恵美さんの態度が違うことに腹を立てるようになった。

「帰ってくるのが遅い旦那に、その態度は何だ！」

「別にいつも通りじゃない。どうしたっていうのよ⁉」

そう答えると、横でまた女の声が言うのだ。

——うそつき。

気まずい。気まずいが、夫と重なるようにしてじっとこちらを見つめてくるひじき女が恐ろしい。腐敗臭も耐えられないのだ。

余りにも恐ろしいので、最近は夫の顔もろくに見ることができない。

「何かお前、後ろめたいことでもあるのか？」

「後ろめたいことなんてある訳ないじゃない。あなたも仕事で疲れているから、怒りっぽくなるのも仕方ないと思うけれど、残業になるときはできるだけ早く教えてほしいの。御飯の準備だってあるんだし――」

こちらは死霊が憑いてくるかどうかが知りたいだけなのだ。

「そんなの直前じゃないと分かるわけないだろ！　もう寝る！」

――うそつき。

夫とひじき女が夫の部屋に向かった。

恵美さんは一人で自分の寝室に戻ることも怖くなっている。

死霊は、夜中に家中を這い回っているようだ。カリカリとドアの下のほうを引っ掻く音も聞こえる。魘《うな》されて叫ぶ夫の声が響くときもある。

恵美さんは、その日はたまたま夫の会社のある駅の近くで用事を済ませた。

夜は夫に連絡して、久しぶりに外食でもしようかしらと時計を確認する。

カフェに寄るくらいの時間はある。

そういえば駅前にコーヒー店があったなと思って移動していくと、ぷんと肉の腐った臭いがした。

これは現実の臭いではない。

死霊の気配の一つだ。

恵美さんは身構えた。

ひじきのようにごわごわに固まった髪をした女が近くにいるはずだ。もしかしたら夫かもしれない。

周囲を窺うと、ひじき女を背負った人物が見えた。

夫かと目を凝らしたが、スカート姿だ。背格好も夫とは異なる。

ただ、背後からひじき女が覆い被さっているように見えるので、スカート姿の女性としか分からない。

——あの人、何処に行くんだろう。

ひじき女が複数いることも考えたが、恐らく一人を複数人で憑け合っているというほうが自然な気がする。

そうなると、あの女性は会社の同僚なのかもしれない。

気になった恵美さんは、距離を空けて後を追っていく。

女性は、夫の会社の入っているビルの地階にある喫茶店に入った。

恵美さんも喫茶店に入り、隅の目立たない席に座った。

暫くすると、恵美さんの夫が現れた。

色々と考えた中の一つ。まさかと思って選択肢から外していた一つ。

それが現実になってしまうとは。

夫は浮気相手との間で、ひじき女をやりとりしているのだ。

メッセージアプリで連絡を入れると、目の前で夫がスマートフォンを取り出した。

すぐに『今日は残業』と返ってきた。

間違いない。

夫とひじき女を背負った女性は、食事をしてホテル街へと向かった。

――私、何やってるんだろう。

そう思いながら、証拠となる写真を撮った。何枚かに一枚は歪んだ女がカメラ目線で写っていた。心霊写真だ。

夜中に戻ってきた夫には、ひじき女が憑いていた。

ホテルで関係を持っているうちに、死霊は夫と女性との間を行ったり来たりしているのだろう。

もし自分が夫と寝室を共にしていたら——。

いや、それは無理だろう。

悍《おぞ》ましい外見の女死霊。腐敗した肉の臭い。迫ってくる寒気。

我慢することなどできるはずもない。

同時に、ここ最近夫婦らしいこともしていないと気付いた。

もう分かり切っていたことじゃない。

——うそつき。

ひじき女がそう口にする度に、図星を指されていたのだ。

「貴方、一カ月前くらいに、お友達と深夜に出かけたわよね？」

その週末、夫にはひじき女は憑いていなかった。

恵美さんは夕食のときにさり気なく、そう話を持ちかけた。

またお前は俺を縛る気かなどと声を荒らげて、不機嫌になるかもしれない。

その加減を見極めながら言葉を続ける。

「あれって、心霊スポットに行っていたのよね？　そのときに、橋とかトンネルとか、廃墟とか行かなかった？　ネットで見たんだけど、ここら辺って、有名な場所が幾つもあるっていうじゃない」

「あ？　あぁ。行ったよ。連れてったのは俺じゃねえよ。お前も知ってるだろ。佐久間だよ。あいつの車で行ったんだ。お前もネットで調べたんなら知ってんだろ。橋とトンネルだよ。お前は幽霊なんて信じてるみたいだけど、俺はそんなの信じてねぇし。友達付き合いの範疇《はんちゅう》だろ」

佐久間とは夫の友人の一人だが、夫はきっと浮気相手と一緒に心霊スポットへ行って、あの死霊を拾ったのだろう。もしかしたら、その帰りに泊まったホテルで取り憑かれたのかもしれない。

ふと意地の悪いことを思いついた。

「良かったわ。私まで佐久間さんに誘ってもらわなくて。その橋って、恋人同士が行くと呪われるっていう話があるんでしょ？」

「――へぇ？　そうなんだ」

そんな噂はない。ただ、少し脅かすくらいは許してもらえるだろう。

恵美さんは、諸々の準備を終えると、実家と義実家に浮気の証拠を提出し、離婚の話をした。

義実家が興信所を使って調べさせたところ、浮気相手の女性は、夫の取引先の人物だったらしい。浮気の期間は一年近くに及んでいたことも明らかになった。

恵美さんは五年連れ添ったことを後悔していた。

もうとっくに愛情は枯れ果てていた。

――子供がいなくて良かった。

離婚が成立したのは、あの日浮気が発覚してから二カ月目のことだった。

実際のところ、恵美さんはあの死霊に感謝もしている。おかげで離婚できたからだ。

最後に彼女が元夫の顔を見たときには、目の下の隈も酷く、頬もげっそりと痩《こ》けていた。

相変わらずひじき女を憑けていた。

――うそつき。

それから半年後に、元夫は自殺したと聞いた。

浮気相手の女性も既婚者で、浮気を知った相手の配偶者が元夫に酷い嫌がらせを繰り返したからだという。

そして数年後、元夫との共通の友人である佐久間さんから、浮気相手の女性とその配偶者も、元夫が自殺してから一年と経たずに命を絶ったという話を聞かされた。

しあわせノート

吉見さんの生まれは東京の下町だが、彼女は母の闘病の関係で都内を離れ、近隣の親戚の家に預けられた。特に学校生活に支障が出るというのがその理由だったが、時代だったのか土地柄だったのか、吉見さんはそこでは、初めから疎外されている感覚を強く受けていた。

余所者は受け入れない。

それは学校でも同じだった。転校の翌日からイジメが始まった。

教師が「吉見さんは東京都から家庭の都合でこちらに来ました」と説明したのが気に食わなかったのだろう。

無視やグループに入れないなどは序の口で、教科書や参考書、ノートも踏まれたり破られたりが続いた。

先生に訴えると、「あなたが悪いんじゃないの」と突き放されるだけだった。

見て見ぬ振りだけではない。まだ小学生の女子が苛めで酷い目に遭っているのを目の当たりにして、教師自身が東京もんが酷い目に遭っていい気味だと公言していた。

苛める側からすれば教師のお墨付きを得られたようなものだ。苛めは更にエスカレートした。

ある朝、学校へ行くと、彼女の机には大きく〈死ね〉と彫刻刀で彫られていた。しかも彫られた文字には、赤い油性ペンで色が塗られていた。

吉見さんは、もう学校には行きたくないと思った。何も悪いことはしていないのだ。だが学校に行かなければ、何故学校に行かないのだと親戚宅でも怒鳴られ、殴られる。世間体が悪いというのが理由だった。

仕方がないので学校に行く。行けばそこで教師ぐるみで苛められる。

居場所がない。地獄だった。

彼女はこの時期の体験がトラウマとなり、大人になるまで笑ったことがなかった。

中学生になると、苛めもエスカレートしていき、男の子から髪の毛にマヨネーズをかけられたり、「余所者が調子乗ってんじゃねぇよ！」と因縁を付けられるなどは日常茶飯事、グループで校舎の屋上に連れていかれて腹を蹴られる。

女子からも、「あんたの嫌いな人、誰!?」と執拗《しつよう》に訊かれ、無理矢理答えさせてはまた殴るといった苛めを受けるようになった。

長かった髪の毛に粘着テープを貼り付けられたのは最悪だった。全部切らないといけなかった。ベリーショートになった彼女を見て、クラスメイトは腹を抱えて笑った。教師もずっとニヤニヤと笑っていた。

中学生になってから、吉見さんはずっと死にたかった。

正確には死という選択肢は見ないようにして生きてきたが、何処かに消えたい、すぐにでもいなくなりたいといった気持ちが抑えられないでいた。

こういうときって、どうすればいいのかな——。

久しぶりに自宅に戻ったタイミングで、港区にあるお寺へ百字の写経を納めに行った。

吉見さんは小学校の頃から、心を落ち着かせるために写経を朝の日課としていた。貯まった写経は、お小遣いで宗派のお寺に納める。それを続けていた。

そのときは、そこで一人の僧侶に声を掛けてもらった。

吉見さんは何も説明しなかったが、僧侶は心の底を見透かしたようだった。

「ああ。貴方は今、とても辛いのですね。それでは日記を書いては如何だろうか」

その僧侶の言葉に、吉見さんは答えた。

「今は一分一秒が途轍《とてつ》もなく長く感じます。学校での苛めが凄く辛くて、毎日が終わらないような感じです。日記もどのように書いたらいいか、よく分かりません」

僧侶は、吉見さんの言葉に〈ふむ〉と頷いて続けた。

「そんな苛めに遭われているのなら、恨むのではなく〈ありがとう〉と書いてはどうかな――？」

吉見さんはその日の夜から、とにかく現状を抜け出したい、早く実家に戻りたい、より端的に言えば助かりたい一心で、ノートに受けた誹謗《ひぼう》や暴力、嫌がらせの内容と、それをしては笑っているクラスメイトの名前を書き、その下に〈ありがとう〉と綴《つづ》った。彼女はその日記に〈しあわせノート〉と名付けた。

日記を毎日綴っても、それが心の安定になる実感は特に感じなかった。今でも効果があったのかは分からない。

しかし彼女は我慢してそれを続け、〈しあわせノート〉も十冊を超えた。

あるときから、彼女は自分が周囲を恨みながら日記を書いていることに気付いた。筆圧が異常なほど強いのでシャープペンシルでは書くことができない。鉛筆でぐいぐいと力を込めて書くので、ノートのページが破けることも珍しくはなかった。

潮目が変わったのは、中学一年の三学期に、北本という男子が怪我をしてからだった。彼は、小学校時代からずっと吉見さんのことを目の敵にしていた。顔を見れば「調子に乗ってんじゃねぇよ！」と怒鳴り、いつでもポケットに入っているライターに火を点け、その炎を吉見さんの肌に押し付けようとしてくる。

その北本が、交通事故に遭って頭部に怪我をした。彼は暫く入院した後で登校してきたが、そのときには頭部に金属製の固定具を付けていた。

吉見さんが、大変そうだなと思って視線を向けると、彼の逆鱗に触れたようだった。

「こっち向くんじゃねぇよ、カスが！　俺らの土地から消えろ！　今すぐ消えろ、この余所者が！」

彼はそう怒鳴り声を上げて暴れた。暴れたことで固定具がずれたのか、その日、北本は午後になる前に早退した。そうなった原因も、吉見さんが挑発したからだということになり、教師から嫌がらせのように、何時間も説教を受けた。

その日の夜、吉見さんは北本がこんなことをした、教師から嫌がらせも受けたと、日記に書き綴った。

何度か同じようなことが繰り返され、その度に北本は〈しあわせノート〉に名前を綴られた。恐らく吉見さんの日記に一番登場したのは彼だ。

途中、春休みを経てクラス替えがあった。

教師も、授業を中断して大騒ぎをする北本に辟易《へきえき》したのだろう。彼は中学二年の新学期には、吉見さんとは異なるクラスに配置された。

それでもわざわざ吉見さんのクラスにまでやってきては、嫌がらせを続けた。

だが、ある日から彼が吉見さんの前に姿を現すことがなくなった。

どうしたのだろうかと思っていると、北本は再び交通事故に遭って亡くなったとのことだった。

それ以来、北本は〈しあわせノート〉に名前を書かれなくなった。


北本と前後して、女子側の苛め首謀者だった坂戸が授業中に倒れた。

クラスメイトや教師が大丈夫かと声を掛けたが、呂律が回らないようだった。

学校に救急車が呼ばれ、彼女を運んでいった。

以来、坂戸の姿を学校で見ることはなくなった。

噂では、脳に大きな腫瘍ができていたらしい。

彼女はずっと入院したままで、開頭手術を繰り返しているようだとの噂は聞いたが、それ以来姿を見たことはない。

なので、坂戸の名前が〈しあわせノート〉に記されることもなくなった。

こうして苛めの主犯者の二人が吉見さんの前から消えたが、学校の人間関係は彼女への苛めなしで維持できない状態だったらしい。

理不尽な暴力や、嫌がらせはまだまだ続いていた。

熊谷はずっと苛めに参加していた男子の一人だった。

吉見さんが美術や書道などで賞を取ると、それが不快だと言っては、ちょっかいをかけてくる小物だった。

いつでも自分の前から消えろと嫌がらせを仕掛けてきた。

吉見さんはストレスから体調が悪化し、もう学校に行かなければ顔を合わせずに済むかと考えた。

ゴールデンウィークが過ぎた辺りから、ひと月ほど学校に行かずにいた。

その頃には熊谷の行った苛めの内容を〈しあわせノート〉に漏らさず書いた。

ある日、ふと彼女は不意に学校へ行っても良いかなと思った。

その思いつきに従って久しぶりに学校に行くと、熊谷の姿がなかった。先生からは彼は引っ越したと聞かされたが、クラスの生徒の話では、朝起きてこないので親が起こしに行ったら、既に冷たくなっていたらしい。

正確な死因は分からない。


中学二年の夏休みになった。

この頃の吉見さんには、時折同じ夢を見ることがあった。

その夢には、自分が好きな人や想いがある人、そして憎い人が登場するのだ。

舞台はいつも同じだ。

季節は夏。鮮やかな青い空には真っ白な入道雲が見える。

夢の中にはゴミ焼却場とそれに付随したプール施設があり、その近くには駄菓子屋がある。駄菓子屋まで行く途中には、古びた電話ボックスがある。

嫌いな人が吉見さんの夢に登場するときには、彼女がその人物に追いかけられることが多かった。毎度逃げるために電話ボックスに隠れてその人をやり過ごす。

そして好きな人が登場する場合には、電話ボックスから顔を出し、手を繋いで一緒に駄菓子屋へ向かう。氷菓子やアイス、駄菓子などを食べて、その人達と別の場所へと向かっていく。そんな夢だ。

吉見さんは、ノートを書くと夢を見たのだと繰り返した。

「——夢の中に出てきて、私を追いかける人って、大体〈しあわせノート〉に名前を書いてた人なんですよ。先ほどの北本君も、坂戸さんも、熊谷君も。それで、これは私にも不思議なんですけど、その三人も、私と同じ夢を見ていたらしいんです」

ただし、視点は逆で、彼らは吉見さんのことを追いかける夢を見ていたらしい。

ずっと追いかけるが、途中で見失う。その後でずっと探し続けるが見つけられない。

彼らはいつも言っていた。

夢の中でお前を見つけたなら。酷いやり方で殺してやるからな——。

クラスメイトの川島君は、例外的に吉見さんに優しくしてくれる男子だった。吉見さんは彼のことが大好きだったが、彼が苛めグループの寄居という女子と付き合い始めてから、〈しあわせノート〉に名前を書くようになった。

何故苛めを止めてくれないのか、何で寄居なんかと付き合っているのか。

夏休みの終わりのことだった。

夢の中に川島君が現れた。吉見さんは電話ボックスで彼のことを待っていた。一緒に駄菓子屋に行こうと思ったからだ。

だが、川島君はボックスの前を通り過ぎた。

吉見さんは悲しくなって、彼のことを追いかけた。

大声を上げて川島君の肩を強く掴んだ。

彼はくるりと吉見さんに向き直った。

しかし、彼の目の焦点は合っていない様子だった。

「――行かないと怒られるんだ。行かないと怒られる」

小声でそう繰り返して、彼は真夏の入道雲の下から道を逸れていった。

川島君が歩んでいく先にあるのは真っ黒な雲に覆われた空で、そちらの方向には不気味な森がある。

吉見さんは、彼にはもう会えないのかもしれないと思った。

二学期に川島君に再会できたときには、ホッとした。

ただ、彼は二学期の途中から海沿いの県に引っ越すとのことだった。父親の仕事の関係だとの話だ。

だが、彼も引っ越す直前に事故で亡くなった。

葬儀では彼の棺桶には顔だけが出ていた。顔から下は棺を埋め尽くすほどの花で埋もれていた。顔は真紫だった。

川島君の母親が身体がないと話しているのを聞いた。

後日、バイクの二人乗りで後部座席に乗っていた川島君は、事故で頭だけが飛んでしまい、身体はバラバラになったらしいと聞いた。

〈しあわせノート〉に名前を書いたら、優しい人でも好きな人でも亡くなってしまう。

そう思うと少し悲しかった。

その頃になると、学校では吉見さんを苛めていた生徒が亡くなっているという噂が立ち始めていた。中には死ぬかもしれないという恐怖で学区外に引っ越し、転校していった子もいるらしい。

謝罪のために彼女の元にやってくる生徒達は、誰もが「初めは単純に面白かったし、率先して苛めていた奴らに同調していただけだ。これからは苛めないから許してくれ」と、申し合わせたように口にした。

彼らは皆、許してくれと乞えば許してもらえるものだと信じているらしかった。

無論、そんな一言で許せるようなものではない。

謝ってきたクラスメイト達が、裏で〈悪魔〉と呼んでいることも知っていた。苛めをしていた子の母親に、偶然町で会ったときに叫び声を上げられたこともある。

ただ一つ気になったのは、謝罪に来たクラスメイトのうち何割かは、真夜中に寝ている真横に吉見さんが立っていて、見下ろしていたと訴えることだった。時々姿が二重に重なって見えるとも言われた。

――生霊。

自分の思いが強くて生霊が飛んでいるのかもしれない。そう吉見さんは考えた。

それを裏付けるような事件が起きたのは、彼女が受験生になってからだ。

後輩は美人で性格も良く、吉見さんがその土地で可愛いと思える唯一の子だった。

ある夜、机に向かって勉強をしていると、不意に身体が硬直して音が遠のいた。

その直後、彼女は交通量の多い道に立っていた。

横を車がすり抜けていく。

困ったな、轢かれちゃうかも――。そう思った直後に、自分の肩を掴んだ者がいた。

肩を掴んだのは細い指だった。振り返ろうとすると身体は動けなかったが、何故か視線だけがそちらを向くことができた。

後輩だった。

息を切らしている彼女のことを視界に入れた直後に、再度意識は勉強机に戻っていた。

――何、今の⁉

一瞬のうちに知らない場所に移動したのだ。初めてのことだった。彼女は酷く動揺した。

落ち着いた頃に気が付いたのは、道路で掴まれた肩がヒリヒリと痛むことだった。

シャワーを浴びるときに肩を確認すると、指の痕が付いていた。

翌日、学校に向かうと、後輩の交通事故死を知らされた。

彼女は塾帰りに自宅の近くの国道に飛び出し、トラックに轢かれて亡くなった。

後輩のことは日記に一度も書いていない。

だから〈しあわせノート〉のせいではない。

彼女の死は自分のせいかもしれない。そう思うこともあるが、だからと言って何かできただろうか。


結局吉見さんの机に〈死ね〉と彫ったのが誰だかは分からない。

ただ、苦手だっただけの女の子も事故で亡くなり、もっと惨《むご》い死に方をした子もいる。

中学校を卒業するまでに最低でも七人。

小学校の教師が溺死したとの話も聞いた。

「――中学校の担任の先生も、写真が冷たいし、多分死んじゃったと思います」

彼女を苛めていた人間は、全員目の前から姿を消した。

預けられていた親戚の家族も、若くして全員この世を去っている。

雨傘

最初は白亜さんが中学生の頃のことだった。

その日はたまたま委員会と部活が重なってしまったこともあり、想定外に帰宅が遅くなった。時計を確認すると夜八時近くになっている。

いつも乗る列車よりも一時間以上も遅い。

——しまった。早く切り上げればよかった。

だが、思い返してみても、先輩や先生にそれを言い出して、早く帰してもらえたかどうかは定かではない。ただ一方でどんな理由があったとしても遅すぎだ。

心配した両親は叱るだろう。

列車に揺られている間にそんなことを考えた。

数駅揺られ最寄り駅のホームに列車が着いた。すぐに改札まで駆けた。そのまま駅から自宅までの道を駆け抜けるつもりだった。

駅から家までの間は、田舎なので人通りが少ない。街灯もぽつりぽつりと立っているだけだ。暗くて怖い。たまたま目に入った〈不審者に注意〉と書かれた錆びついた看板が、暗がりからこちらを見ているかのようで、嫌な気持ちになった。

もしこの道で不審者に狙われたりしたら――。

そんな想像を振り払う。

――あ。雨。

急にポツポツと降り出した。

学校もスマホは禁止なので、親に連絡をして迎えを呼ぼうにも、公衆電話から電話を掛ける必要があった。

それなら走って帰ってしまおう。そう思って、一生懸命下を向いて走った。

だが、普段なら人通りが殆どない道にも拘らず、何故かその夜は妙に人通りが多かった。

それも、祭りか何かがあったのではないかと思うような人通りだ。

更に人々とすれ違う度に声を掛けられる。

「お嬢ちゃん大丈夫？」

「あらあら濡れて可哀想に」

男性の声も女性の声もある。だが、どの声も知り合いのものではない。

白亜さんは、立ち止まることなく走り続けた。

「すいません、ありがとうございます！」

顔を上げず、そう何度も口にしながら通り過ぎていくが、頭の中は疑問でいっぱいだ。

何故こんなに人がいるのだろう。

考えても理由など分かるはずもない。

そもそもこの近隣にこんなに人が住んでいるものだろうか。こんなにも知らない娘に声を掛けてくるものだろうか——。

気持ちが悪い。

背中に張り付いた違和感を振り払うように、走る速度を上げる。

雨はますます強さを増してきた。もう制服も鞄もずぶ濡れだ。

そのとき、白亜さんは、雨音の中から小さく呼ばれたような気がして顔を上げた。

すると、目の前に臙脂《えんじ》色のベストを着て、薄いオレンジのスカートを穿いた女性が傘を差して俯いた状態で立っているのが見えた。

その直後に、一瞬視界にスローモーションが掛かったように感じた。

駅から走ったから、もしかしたら、貧血になったのかも。

白亜さんはそう考えた。
走る速度が落ちた。
その瞬間、たまたまその女性と目が合った。
あれ――？
あの女の人、何処かで見たことある気がする。
――誰だろう？
そう思った瞬間、女性の口の端が小さく持ち上がった。
白亜さんは立ち止まって確認をするのは諦めた。
雨が酷くて身体も冷えてきている。これ以上濡れるのは嫌だった。
走って走って、しかし、途中で疲れてしまい、立ち止まって息を整えた。
家まではあと半分くらい。
再度走り出そうと思った直後に、雨粒が当たらなくなった。
え。どうして。
視線を上げると、骨も折れ、生地も破けたボロボロの傘が差し出されていた。
――え、誰？

差し出されたほうを確認すると、先ほど立っていた女性だった。

白亜さんはゾッとした。

全力で走ってきたのに追いついてきたということは、この人が走ってきたのか。

それにしても息が切れている様子もない。大きく見開いたままの目からは、一切表情が窺えない。

女性はじっと一点を見つめたまま口を開いた。

「傘——どうぞ」

「え」

「傘。私の傘にどうぞ」

「あ。いえ。結構です！」

余りにも異様な雰囲気に、白亜さんは走り出した。

もう濡れるのもお構いなしだ。

〈不審者に注意〉の看板のことが頭を過った。だが、逃げる以外に何かできる訳ではない。

しかし、全力疾走しているすぐ耳元で、女性の声だけがいつまでも聞こえる。

「傘。傘どうぞ」

「傘どうぞ」

「傘にお入りなさい」

「濡れてしまうから。傘――」

その声が付いてくるのが怖かった。

こうなるとどうして良いのか分からない。

白亜さんは自分では歌が下手だと思っていたが、走りながら、学校の校歌を大声で歌い始めた。

歌い始めると涙が流れ始めた。逃げなくちゃと思い、泣きながら走った。走って走って走った末に、女性の声は聞こえなくなった。


――あれ。駅から家までこんなにあったっけ。

まだ雨は降っているが、先ほどよりも小雨だ。

立ち止まって周囲を見回すと、今までに見たことのない景色だった。

シャッターの閉まった見覚えのない店舗。錆びついて歪んだカーブミラー。切れかけてちらつく街灯。どれにも見覚えはない。

何処まで来ちゃったんだろう――。

雨に濡れながらとぼとぼと歩いていくと、見覚えのある電柱が見えた。

あの電柱の先の交差点を左に曲がったら、コンビニがあったはず――。

だが、左に曲がるとそこには墓地が広がっていた。

え。道を間違えた？

だが思い返しても、一度も交差点で曲がっていない。ただまっすぐ走ってきただけだ。

ここ、何処なんだろう。

白亜さんは混乱したまま、その墓地沿いの通りをまっすぐ歩いていった。

すると暗い道端に老婆が傘を差して立っていた。

彼女は歩いてくる白亜さんを値踏みするような顔で見た。

目が合ったような気がしたので、白亜さんは老婆に訊ねることにした。

「すいません。私、ちょっと道に迷ってしまったみたいなんですけど――ここって何ていう町か分かりますか」

近隣なら地名も番地も分かる。

だが、老婆が口にしたのは、聞き覚えのない町の名前だった。

「それよりあんた、酷い顔してるけど――。一体何処に行きたいのさ」

老婆は呆れたような顔をした。よほど絶望的な顔をしているのだ。

白亜さんは、自宅の住所を告げた。

「じゃあねぇ。本当はこんなこと教えたくもないんだけどねぇ。この墓地の道をまっすぐ抜けると祠があるんだ。そこのところを右に行きなさい」

老婆は真っ暗な道の先を指差した。

白亜さんはお礼を告げて歩き出した。

苔むしたような古い石の墓が何処までも連なっている。

明かりは薄暗い街灯がぽつりぽつりと立っているだけだ。

不安だが、今頼れるのは先ほどの老婆の言葉しかない。

白亜さんは言われた通りに墓地の脇をずっと辿っていった。墓地と竹藪の境目に祠が立っていた。

右に曲がろうにも、そこから先は竹藪だ。

――こんなところに入るの？

人一人ぎりぎり入れるだろうか。竹が制服に引っかかって、生地が裂けてしまうかもしれない。肌も傷ついてしまうかもしれない。
そう思ったが、他にここを抜けられる方法も思いつかない。
もしダメなら、出直せば良いだけだ。
白亜さんはその竹藪に踏み込んだ。
途中何度か肌に痛みを感じた。
今引っかけて、切れたな。血も出てるかも。
そんなことを思いながら、彼女はひたすらまっすぐに竹藪を抜けていった。
ただ早く家に帰りたい一心だった。

――あれ？
不意に明るい場所に出た。
見覚えのある駅の裏通りだった。どうしてこんな場所に出たんだろう。
全身は濡れ鼠で、冷えてきている。竹で擦った傷が痛む。
訳が分からない。
もういいや。歩いて帰ろう――。

駅の表側に出ようと思って歩き始めると、後ろから声を掛けられた。

「白亜、あんた何やってんの？」

不意の知った声に驚いて振り返ると、声の主は叔母だった。

叔母は自転車を押していた。

「え。何で叔母ちゃん、ここにいるの？」

「今日ね、いつもの道が通れなかったから、こっち通って買い物して帰ってきたんだよ。何、今帰り？　何か凄い濡れてるじゃない。冷え切っちゃう前に急いで帰ろうか」

その声に心底ホッとした。

彼女は自転車を押しながら白亜さんの歩みに合わせてくれた。

叔母はすぐ近所に住んでいるので、途中の交差点で別れることになる。

もうここまで来れば安心だ。自分の家の門扉も見える。あと一分と掛からない。

「おばちゃん、送ってくれてありがとうございました」

「風邪引くといけないから、家に帰ったらすぐシャワーとか浴びるんだよ」

叔母と別れて、自宅に向かって歩き始めた。

その直後、背後から水溜まりを踏んで歩くような、ピチャ、ピチャという足音が付いてきた。

――叔母さん、何か伝え忘れたことでもあったのかな？

そう思って振り返ると、先ほどのボロボロの傘を差した女性が、雨の中を歩いて近付いてきていた。

足が裸足なのが異様だった。

家まではあと少し。白亜さんは歩調を速めた。

門から敷地に入り、磨りガラスの引き戸を開けて玄関に入る。すぐに鍵を掛けた。

――付いてきてないよね？

外の様子を窺う。

門の明かりに照らされた影が、近付いてきていた。

磨りガラスの外に、臙脂色と薄いオレンジのシルエットが立った。

先ほどの女性だ。

その女性が、ガラス戸を拳で叩く。

「私の傘、いらない？」

「ねえ、いらない？」

「いらないの？」

ガラス戸がガタガタと鳴る。

「傘、いらない？」

白亜さんは、黙ったまま、その場に立ち竦んでいた。

――どうしよう、うちまで来ちゃった！

三和土《たたき》には母の靴がなかった。

家の奥からは父親が見ているテレビの音が聞こえてくる。きっと頼りにならないだろう。

ああ、もう嫌だ。

冷えた身体が震え始めた。このままでは風邪を引く。

外の女に気取られないよう、音を立てずに廊下を歩いて風呂場まで行った。

流石に家の中までは入ってこないだろう。

熱いシャワーを浴びながら空の浴槽に座る。栓をすると少しずつお湯が溜まっていく。

冷え切った身体が少しずつ緩んでいく。

あの女は何だったのだろう。いや、思い返してみると、その前からおかしかった。

風呂から上がり、そんなことを考えながら脱衣所で髪を整えていると、「ただいま」と玄関で母の声がした。

「白亜ー？　白亜お風呂ー？」

「はい。何ですかー？」

白亜さんが廊下に顔を出すと、母が訊ねた。

「玄関先に傘が立てかけてあったんだけど、あんた、傘壊しちゃったの？」

「私、今日傘持っていかなかったから、濡れて帰ってきたんですよ」

「あら、そうなの。じゃあこれ、誰のかしら」

母が手にしている傘は、ボロボロの骨も折れた傘だった。

あの女の手にしていたものだ。

ゾッとした。

あんなものを家に入れてはいけない。そう思った白亜さんは、慌てて母親に駆け寄った。

「ああ、ごめんなさい！　私これ、ちょっと人に借りたの。そう。人に借りたの。明日返すから！」

母から傘を受け取ると、彼女は玄関を飛び出し、家の門の外に立てかけた。

――明日処分しよう。


翌朝。幸いなことに夢見が悪かった以外、何事もなかった。

夢自体は起きた瞬間に記憶から抜け落ちてしまった。

どんな夢だったっけと思い出そうとしながら朝食を食べていると、いつも家を出る時間を過ぎてしまった。

慌てて「行ってきます！」と声を掛けて玄関を出た。

門を開いたときに、昨晩門の外に立てかけておいた傘のことを思い出した。

――あ、そうだ。あの傘。

だが、傘は何処にも見当たらない。

誰かが持っていったのだろうかとも思ったが、あんなボロ傘を誰が持っていくというのだろう。

だが、なくなったならそれはそれで、処分する手間が省けたというものだ。

彼女は駅までの道を急いだ。

その日の放課後に、昨日通った道を探そうとしてみたが、幾ら探しても見つからなかった。

＊

それから時が経った。白亜さんは、中学を卒業し、高校も卒業し、大学も卒業し、大学院に通っていた。

ある夜のこと、研究会に出席していた彼女は、いつもより帰りが遅くなってしまった。

その日は朝から雨だったので、駅からの道を傘を差しながら歩いていた。

すると、不意に人通りの多いところに紛れ込んだ。

まっすぐ歩いているだけなのだから、路地に入り込む訳がない。

祭りの賑わいの中を歩いていくような違和感。

「あらあら、お嬢さん、今帰り？」

「あら、見かけない子ね。誰かしら？」

――あれ。これって前にもあったような。

覚えがある気はするが、正確なことが思い出せない。

まあ、よほどおかしかったら、駅前まで戻ればいい。そう思いながら歩いていく。

あの電柱で左に曲がればコンビニ。

とぼとぼと雨の中を歩いていく。

だが、左折してもコンビニはなく、墓地が続いている。

彼女の生活圏に広い墓地など存在しない。

確かにあのときも――。

見回すと、やはり墓地の前に老婆が一人立っている。

「あの、すみません」

「ああ、またあんたかね。覚えてる？　ここをまっすぐ行って、祠のところを――」

「ここをまっすぐ行ったところの祠ですか？」

問い返すと、老婆は呆れた顔を隠そうともしなかった。

「あんた忘れたの？　ダメだよ。覚えときな。次にあったら、私は教えないかもしれないよ。あんたの帰り道なんて」

老婆は、「祠で右に入りな」と続けた。

白亜さんは頭を下げ、老婆に指差されたほうに向かって歩き出した。

言われた通り、墓地の外れに祠があった。それより奥は竹藪だ。

その頃には、はっきりと思い出していた。

中学校時代に、帰りが遅くなって、変なところに迷い込んでしまったこと。

ボロ傘を差し出す奇妙な女。

老婆に道を訊ねて、竹藪を突っ切ったこと。

そのときに擦り傷を負ったこと。

彼女は傘を畳み、真っ暗な竹藪に入っていった。

足元も悪くて何度も転びそうになった。そういえば、あのときはスニーカーだったが、今はパンプスだ。濡れた笹で服がずぶ濡れになるのも不快だった。

不意に明るい通りに出た。やはり駅の裏通りだ。

振り返ったが、そこに竹藪はなく、酔客の歌う調子外れのカラオケの響くスナックだった。

――ああ、もう何でもいいや。

ホッとしたが、疲労が酷く、何も考えたくなかった。

また暗い道を歩くのは嫌だったので、家族に甘えることにした。

携帯電話を取り出して、家に電話を掛ける。

母が出たので、車で迎えに来てもらった。

＊

それから十年ほどが経った。

彼女は就職とともに地元から離れて生活している。

「それでですね、つい先日、たまたま地元に帰省したときのことなんです」

彼女は眉を曇らせた。

叔母に渡すものがあったので、白亜さんは、徒歩で叔母の家まで向かった。

彼女の実家から叔母の家までは、徒歩で五分と掛からない。

ただ、家を出てすぐの交差点を曲がろうとしたときに、急に土砂降りの雨が降ってきた。

――嘘。濡れちゃうじゃない。

一度家に戻って、傘を取ってくるという選択肢もあったが、走ればあっという間の距離だ。

濡れないように荷物を抱えて、彼女は駆け出した。

その直後、急に雨が当たらなくなった。

驚いて立ち止まる。周囲は土砂降りの雨だ。しかし自分には雨粒が当たっていない。

見上げると、骨も折れ、生地にも穴の空いたボロボロの傘が差し出されている。

それを差し出しているのは、あのときの臙脂色のベストに薄オレンジのスカートの女性だった。

彼女の身に着けているものも、汚れが染み付き、所々ほつれている。

そして裸足。

「傘どうぞ」

「入ったわね」

——待って、これ覚えてる！

「結構です！」

白亜さんは走り出した。

だが走る耳元で声が響いた。

「入ったわね！　私の傘に入ったわね！」

雨に打たれながらそのまま走り続け、叔母の家に辿り着いた。

ドアのノブに手を掛けると、鍵が掛かっていなかった。

「お邪魔します！」

声を張り上げて後ろ手でドアを閉めた。

次の瞬間、ドアが何度も何度も叩かれた。

「必ず迎えに来るからね！」

直後、ドアを両手で叩いたかのような大きな音が玄関に響いた。

その音に奥から姿を現した叔母が、驚いた顔をした。

「白亜ちゃん、何てドアの閉め方してるの！」

「すいません！　凄い雨が降ってきたので、慌ててまして！」

不自然だろうなとは思ったが、そう取り繕った。


叔母の家からの帰りに、ドアを開けると、そこにはボロ傘が立てかけられていた。

白亜さんはそれを無言で持ち上げて歩き出した。

彼女はそれを交差点のカーブミラーの脇に捨てて家に戻った。

実家に戻ってすぐに、今住んでいる家に向けて出発した。

今彼女は、ドア越しに聞こえた〈必ず迎えに来るからね〉という言葉が忘れられないでいる。

女喪主の家

紗智子さんが東京で編集者をしていた時代の話である。

三つ上の女性の先輩が、葬式で里に帰らなきゃいけないので数日間仕事を抜けねばならないとの話が出た。

「この忙しい時期に大変ですね」

「そうなのよ」

彼女は嫌な顔をした。

「何故か知らないんだけどさぁ。うちは代々、喪主は女でないといけないのよ。亡くなったのは父方のおばあちゃんなんだけど、そんなしきたりがあるから、お父さんが喪主できない訳」

確か彼女の家は結構な旧家だったはずだ。

「はぁ。それは大変ですね。それでは今回はお母さんが？」

「それがね、つい何日か前にお母さんが脳梗塞で倒れちゃってさ。私が帰って代理しなきゃいけないのよ」

「それは急な話で大変ですね」

「そうなのよ。仕事も立て込んでるっていうのに、困っちゃうわよ」

先輩は深い溜め息を吐いた。

本当に家毎に、色々なしきたりがあるものだな。

紗智子さんは女しか喪主ができないという話を聞いたのは初めてだったが、旧家にはそんなこともあるのだろうと納得した。

先輩は一週間ほどで戻ると言い残して、嫌々ながら里に帰っていった。


一週間と少しして、彼女は約束通り出社してきたが、その表情には深い疲労が刻まれていた。

紗智子さんは、旧家のお葬式には多くの弔問客が来るのを知っていた。自分の親戚もそうだからだ。先輩の様子から、きっと大変だったのだろうなという感想を持った。

ただ、それにしては先輩の右手に違和感があった。包帯がぐるぐるに巻かれており、特に人差し指は添え木でもしてあるかのように何倍もの太さになっている。

怪我、恐らく骨折でもしたのではないか。

紗智子さんはそう考えた。

酷い怪我なのは見て取れた。ＰＣも満足に操作できないだろう。あの人差し指は、キーボードのキー一つ分よりも太い。

「お怪我、大丈夫ですか？　何か大変だったようですし、御自愛くださいね」

そう声を掛けると、先輩は深い深い溜め息を吐いて紗智子さんのことを見つめた。

「あのね、この怪我はね――」

彼女は何か言いたそうな顔をしたが、そのときに同僚から声が掛かり、そちらに去っていってしまった。

――お葬式でお忙しかったから、何処かで怪我をなさったのかしら。

紗智子さんもすぐに仕事に呼ばれ、そのときはただそう思っただけだった。

その日の午後、先輩は社内にいないようだった。病院に向かったのか、それとも仕事で会社を離れているのかは不明だった。ただ、先輩の怪我が悪くならなければいいなと紗智子さんは思った。

その日の夜、紗智子さんは居酒屋のアルバイトに赴いた。

勿論会社は副業禁止だ。しかし会社からの収入だけでは生活がぎりぎりなこともあり、秘密で週に複数のアルバイトを掛け持ちしている。

居酒屋は紗智子さんのアパートのすぐ近くにあるこぢんまりとした個人経営の店で、日本酒の品揃えが自慢だ。

まかないが出るというので応募して、気に入られてもう二年近くも続いている。

会社からは一路線だ。最寄り駅で降りてから、別の路線の駅近くまで続く繁華街を抜けていく。

十分ほど歩いた途中に、その店はある。

今まで近隣で会社の関係者に会ったことは一度もない。

そんなアルバイト先に突然件の先輩が姿を見せた。

「紗智子ちゃん、お疲れ」

「先輩――！」

全身から一気に冷や汗が噴き出る。会社は副業禁止だ。先輩はそれを咎めに来たのではないかと思ったのだ。

「ああ、大丈夫大丈夫。会社にはチクらないから。ただ今日は少し話聞いてもらえないかなって。ごめんね仕事中に」

先輩が済まなそうな顔を見せるので、まだ忙しくない時間帯だったこともあり、紗智子さんは居酒屋の大将に、先にまかないの時間を融通してもらった。

「急にごめんね。信じてくれなくていいから、ちょっと聞いてくれる？」

先輩は瓶ビールを頼んだ。紗智子さんはまかないの後で、続けてアルバイトに入るのでウーロン茶だ。

それがさ——。

田舎に帰って、すぐにお母さんの病院にお見舞いに行ったのよ。

脳梗塞の後遺症で、お母さんは顔の半分が麻痺しちゃってるし、記憶も混濁しているみたいだったのね。だからもう葬儀の段取りも何も、全然説明できないのよ。

動かない口で、色々ともごもご話しかけてはくるんだけど、全然聞き取れないの。

だからあたしもね、分かった分かった。お母さん分かったから。大丈夫よ。親戚のおじさんとかおばさんに訊いて、何とか葬儀は出すから安心してって伝えた訳。

お見舞いも終えたし、時間もないから、席を立とうと思ったらさ、お母さんが、動くほうの左手で私の手首を掴んできたの。

何？　って訊いたんだけど、何やら焦ってるのよ。何か伝えたいことがあるんだろうってことまでは分かるんだけど、お母さんは口も満足に動かないじゃない。それで動くほうの手で自分の鼻を指差して、必死に何か言ってるのよ。

落ち着いて、ゆっくり話してって言ったんだけど、凄く焦っているみたいだし、よく分からない。どうしようって思っているところに、看護師さんが来てくれてね。

どうかされたんですかって訊いてくれたからさ。何か言いたいみたいなんだけどって伝えたら、向こうも状況が分かってるじゃない？

「後遺症でまだお口が不自由ですからね。こんな状態で申し訳ないっておっしゃってるんじゃないですかね」なんてことを言うものだから、お母さんには、「気にしないでいいから大丈夫だよ」って声掛けて、病院を出てきちゃったのよ。

それでタクシー使って病院から実家に向かったの。

親戚も多いし、本家だから広いし、葬儀の支度とかも親戚が集まって着々と進んでいるだろうなって思ってたのね。

そうしたら、実家は蛻《もぬけ》の殻でね。何の用意もしてないのよ。

えっ　これどういうことって思っていたら、叔父さんが「よう」なんて声掛けて、家に上がり込んできたの。

おばあちゃんの葬儀は？　って訊いたら、「お前聞いてなかったっけ」なんて今更言うのよ。

うちの葬儀は、本家じゃなくて分家でやるんだよ、なんてびっくりした顔をする訳。

そんなの前にお葬式に出たのなんて子供の頃だし、全然覚えてなかったからさ。そうだったっけ、って返事したら、お前は東京に出てから全然帰ってこなかったからなぁ、なんて嫌味まで言われちゃってさ。

もう全部初耳だったから、そうなんだぁ、なんて返すしかないじゃない？　喪主は女しかしちゃいけないって言うし、本家の人間が死んでも分家で葬儀するとか、本当に変な家だなって思ったわよ。

それで忙しいから行くぞ行くぞって言われてね。何だかよく分からないまま、叔父さんに連れられて近所の親戚の家まで行ったの。

葬儀の色々の手筈でてんてこ舞いよ。

おばあちゃんの御遺体が安置されている仏間に祭壇が設えてあるのね。そうしたら、もうその夜が通夜だって言うじゃない。喪主は私だから、細かい段取りとか急に聞かされたりして。やれやれって思って玄関から表に出て煙草を吸おうと思ったの――。

そこまで聞かされた紗智子さんは、この話が一体何処に着地するのだろうかと思いながら、先輩の話を反芻した。

田舎の本家での葬儀のはずなのに、わざわざ分家で葬儀をする風習。女しか喪主になれないという風習。恐らく他にも色々とあるのだろう。

それよりも、何で今夜はお客さんが来ないのだろう――？

「先輩、何か呑まれますか？」

「それじゃ、ハイボール貰っちゃおうかな」

「あ、今更ですけど傷のほうは大丈夫なんですか？」

「ああ、これねぇ――どうかなぁ。もうダメかもしれない」

先輩は目を伏せた。

それを紗智子さんは冗談だと思うことにした。

大将に注文を通すと、今日は客が少ないから、一段落つくまで良いよと笑顔で言ってもらえた。


——煙草とライターをハンドバッグから取り出してさ、咥えた煙草の先に火点けようとしたら、物凄く嫌な臭いがしたの。今まで嗅いだことのない強烈な臭いでさ。堆肥の山が腐ったような臭い。それを鼻の粘膜に擦りつけられたような酷い臭いがしたから、何これってキョロキョロと周りを見回したのね。

そうしたら、門から見て左側にある林の木陰から肩口が半分見えたのね。

あれは女性だなって思ったの。

そうしたら、女性が木陰から姿を現したの。

汚い布の塊を抱っこしてるのが見て取れた。顔は俯いたままで、ゆっくり身体をこちらに向けたの。

そんな人、東京の浮浪者でも見たことがないくらいボロッボロの着物を着てて、髪の毛も半分以上抜け落ちてるような酷い状態。とにかく汚いから、もしかして、この酷い臭いは、この女性から漂ってきてるんじゃないかって思った訳。

彼女の手の指も、汚れが付いて黄ばんだような、膿《うみ》が滲み出てるような汚い布がぐるぐる巻きになってて、親指も紫色になって腫れあがっちゃってるの。

あれはもう化膿しちゃってて、どうしようもないんじゃないかなぁって思った。

でね、あたし、ついついその人のこと、ずっと見てしまったんだけど、そうしたらその女性、その汚い布の塊を、まるで赤ちゃんをあやすみたいにしたのね。

そうしたら微かに、えぇー、えぇーって、赤ちゃんの泣き声も聞こえたのよ。

そのとき、赤ちゃんじゃない！　あんな汚いのに包んで！　って怒りが湧き上がってきてさ。何とかしないといけないって思っちゃったのね。

女の人の足も裸足だし、めちゃくちゃ汚い布でこう爪先を包んでて、何あれって思ってたら、その女性が抱いてるものを見せるみたいに傾けてきたのよ。

抱えてる布の中にはね、猿のミイラみたいなのが抱っこされてたの。

それを見た瞬間、耐えられなくなった。

玄関から家に飛び込んで、叔父さんにめちゃくちゃ汚くて臭い人、多分浮浪者の女が玄関前にいるって伝えたのね。そのせいで玄関先がもう酷い臭いで、このままだとお通夜に来てくださる方にも迷惑だから、警察呼ばなきゃって言ったのよ。

でも、叔父さんからはさ、「大丈夫だ。俺が見てくるから、お前はあっち行ってろ」なんて言われちゃって。実際、叔父さんは玄関のほうに見に行ってくれたんだけど、結局うやむやなままになっちゃった。お葬式の準備も忙しかったから仕方ないんだけど。

まぁ、何とか喪主も務めて、無事お葬式も終わったのね。

帰ってくる前に、お母さんの病院に行って、報告しようと思ったら、少しずつ言葉が戻ってきてた。ああ良かったねってお葬儀も済んだよって報告したんだけど——。

そのとき、不意に思い出して、例のめちゃくちゃ汚い、化け物みたいな女性の話をちらっとお母さんにしたのよ。

そうしたら、お母さんが真っ青になって、片言で「その女に話しかけたの？」って訊いてきたの。

汚いし臭かったから話していないって答えたわよ。

そうしたら過呼吸か何かで、お母さん気を失っちゃったのね。

びっくりしたけど、あたしも明日にも会社に帰らなきゃいけないからって言って、看護師の人に後を任せて帰ってきちゃったのよ。

そうしたら、自分のマンションで寝るじゃない？　そのときに物凄く嫌な夢を見たのよ――。


先輩はそう言うと、周囲を見回した。

相変わらず客は誰も入っていない。大将も奥に引っ込んでしまっている。

「余り気持ちがいい話じゃないけど、ごめんね」

視線を、包帯を巻かれた自分の右手に落として、先輩は話を続けた。


夢の中で、何かを口の中に押し込まれたの。無理矢理にね。

喉の奥までぎゅうぎゅうに押し込まれて苦しいの。

それを必死に噛んじゃってさ。噛んでいると押し込まれないから必死で噛んだのよ。

だから、噛んで噛んで噛んで、夢の中で一生懸命噛み続けてたの。

それで朝、目が覚めたら掛け布団が血でベッタベタで。

何これって思ったら、右手の痛みが酷くて。

あたしさ、自分の人差し指をぐちゃぐちゃになるまで噛んでたのよ。

痛いし酷い状態だってすぐに分かったから、慌てて病院に行ったんだけど、
外科の先生に理由も説明できなかったのよ。
先生からは、「どうしたんですかこれ、事故ですか」って訊かれたけどね。
いやー、ちょっと挟んじゃって、みたいに答えたけど無理があったと思う。
肉がもう半分削ぎ落とされたような感じになってるけどさ。
それでね。絶対考えるのも嫌なんだけどさ。
聞いてくれる?
多分、あたし——。
自分の指の肉、飲み込んでるのよ。
自分の指を食べちゃってるの。
今も血の鉄臭さが鼻に残ってるの。
食べちゃったのよ。
食べたの。
食べ。

先輩は、今朝一週間以上も会社を休んでるからと、痛み止めを打ってもらって出社したらしい。病院側は、入院して手術をしないと、もう指が動かなくなると伝えてきたが、彼女は出社することを優先したというのだ。

——おかしくなってる。

紗智子さんは背筋が冷たくなるのを感じた。

責任感があるとはいえ、大怪我をしている訳だから、そこまで無理する必要があるとは思えない。仕事は多いが、そこまでブラックな会社でもない。

葬儀で疲れているのが原因かとも思ったが、どうやらそういうことではない。

何かの箍《たが》が外れているのだ。

葬儀の話をしているときから、彼女の視線が、何処か遠くを見ているようだとは感じていた。両目の焦点が合っていない。

彼女は追加で大将に日本酒を頼み、それを水でも飲むように呷《あお》っていく。

「ねえ。紗智子ちゃん。信じられる？　あたしね、今も味覚えてるのよ。私の指の味。生の肉の味。だって、食べちゃったんだもの」

そう繰り返す先輩は、三合呑んだところで気が済んだのか、会計を終えて店を出ていった。

翌朝も先輩は出社していた。大丈夫なのかと声を掛けると、朝一で病院に行って痛み止めの注射を打ってもらい、何とか頑張って出社したのだと笑った。

だが、昼過ぎに薬が切れたらしく、それ以降は、ただ痛みを堪えているような状態に陥った。

その翌日も同じような状態だった。

流石に見かねたのだろう。彼女の上司もまずは怪我の治療に専念すべきだと伝えた。

それでようやく納得したのだろう。それからは治療を優先することを理由に会社に姿を見せなくなった。

「お見舞いに行かない？」

部署でそんな話が出たのは、翌週のことだった。

人好きのする彼女のことだから、入院中寂しがっているだろうというのだ。

先輩と仲の良い社員さん達から紗智子さんも誘われた。

実際のところ、紗智子さんは気乗りしなかった。先日のバイト先で聞かされた異常な話のこともある。今は先輩に近寄りたくなかった。彼女のことを考えると、足元が揺らぐような不安な気持ちになるのだ。

だが、どうやら先輩がその話をしたのは、紗智子さんに対してだけだったようだ。

その状況で、見舞いに参加しないのも、後のことを考えると良くないようにも感じた。

紗智子さんは会社の部署で行くのならと考えて、同行することにした。

だが結局、皆の仕事が立て込んでしまって、病院に足を運ぶことができたのは紗智子さん一人だけだった。

正直気が進まない。だが、部署の先輩方から頼まれているので、様子を確認した上で、容体を伝えねばならない。

胃が痛んだ。

病院に着くと、個室に案内された。

ベッドに横たわる先輩は、髪の毛もボサボサで、おしゃれで快活ないつもの先輩の面影はなかった。

その横に付き添いの女性がいた。歳の頃は五十代。先輩の母親は脳梗塞でまだ入院しているか、リハビリをしているだろうから、母親ではない。彼女に歳の離れた姉がいるとも聞いていないので、親戚の誰かなのだろう。

先輩は黙って病院のベッドに横たわっているが、紗智子さんはその両腕がベッドの枠に固定されているのに気が付いた。

しかも固定された手の状態が、先日より悪化している。中指も添え木をしてから包帯を巻いたように、太くなっている。

——えっ　増えてる。

そう思った直後に、先輩が紗智子さんに顔を向けた。

今まで表情を変えなかった彼女が、そのときだけ歯を剥き出しにした。それがとても獰猛《どうもう》な、それでいて笑っているように紗智子さんには見えた。

——あ。彼女、また食べたんだ。自分の指を。

以前、「食べたの」と繰り返したときの先輩を思い出してゾッとした。

「実は、来週から精神科に移ることになりまして」

先輩のベッドの横に付き添っている女性が説明をしてくれた。

移動の理由は自傷とのことだった。

「この子、一人にしておくと、自分の手を噛むんです」

指だけではなく、手も噛み千切ったらしい。

この個室も、初日の夜に手をずっと嚙み続け、ベッドを自分の肉と血で真っ赤に染めてしまったことで、大部屋から移動させられた結果だという。

「本当に迷惑よね。隙を見つけては、手を嚙もうとするから、来週から精神科のほうに病床を移るんです」

「――そうですか」

「あなた、紗智子さんよね？　あの子から聞いてない？」

「――全部ではないですけど、少しは聞かせていただきました」

「うちの家、女しか喪主できないって聞かなかった？」

「ええ。聞きました」

「あのね、うちの家って先祖が酷いことしたのよ――」

紗智子さんは答えることができない。

沈黙。

暫く続いた沈黙の後に、再度女性が話し始めた。

「昔ね。物凄く酷い飢饉《ききん》があったときの話なんだけどね、うちの敷地には小さい蔵があるの。それでね、その蔵の中にある米を出さなかったんだって。村では誰かの家で親が死んだり子供が死んだりしたら、その人の家に行ってね、うちの子が死んだら返しますんで、手でもいい、足でもいいから一本いただけませんかって訊ねて歩くぐらいに、飢饉が酷かったそうなの」

嫌な打ち明け話だ。

「それでもね、うちの先祖は蔵を開けなかったんだって。それからよ。うちは本家で葬式を出すと、何かが来るのよ」

「何かって――何ですか？」

女性は首を振った。

「私はまだ喪主をやってないから本当のところは知らないんだけどね。それでも何かが来るっていうのは聞いているの。喪主のところに来るでしょ。それで喪主が男だったら突然死するの。それで女は――あの子みたいになるの」

女性は先輩に視線を向けて、言葉を続けた。

「あの子のお母さんね、来たものに対して絶対に話しかけないでって言おうとしたんだと思うの。自分の代わりに喪主をするあの子にね、もう絶対その女に近付かないで、抱いてるものを見せられないで、関わりを持たないでって言いたかったのよね。でも伝えられなかったじゃない？　だからね、彼女、知らないで近付きすぎたんだと思うの——」

先輩が病院から出てきたとの話は聞いていていない。

盤ぶくれ

「たまたま入院のときに一緒になった、トンネル工事のプロフェッショナルの人から聞いた話なんですけどね――」

怪談マニアの関根君が数年前に怪我をして入院したときに、たまたま同室の隣のベッドになった緒方さんという五十代の男性から聞いた話である。

入院中は一日中暇なので、何か不思議な話はないかと緒方さんに取材を試みたのだそうだ。すると、彼は何かを思い出したのか、不意に表情が変わった。

「――シールド工法って分かります?」

緒方さんはそう訊いてから、彼が過去に体験した不思議な話を教えてくれた。

現在、大規模なトンネルを掘る際には、シールドマシンという巨大な機械を使って、少しずつ穴を掘り進めていく手法が一般的だ。シールドマシンが土を掘って、前方に進むと、そのすぐ後ろでセグメントというリング状の壁をすぐさま組み立てて、崩落しないようにしながら工事を進めていく。

緒方さんは、若い頃からその工法の開発にも携わっていた。

彼は現在、大手の建設会社の子会社で、シールド工法とトンネル工事の開発研究を専門にしている部門に所属しており、今でもトンネル工事があれば、全国各所を飛び回っては現場監督として参加するのだそうだ。


「トンネル工事も、やっぱり験を担ぐんですよ。事故が起きるのは嫌だから」

「やっぱり女性は現場に入れないとか」

「そうそう。そういうのを未だに守ってるんです。まぁ、最近は男女差別とかうるさいんで、超大手のとある建設会社のホームページに、我々はそういう差別はしていませんよってことで、男女混成チームで工事をしていますって、職場紹介とかあるんですよ」

緒方さんは、ちょっと待ってねと、手元のタブレットPCでそのウェブページを開いて見せてくれた。

「ほらほらこれ。トンネル工事の写真を上げてるんですよ。でもね、これちょっとここ読んでもらうと分かりますけど、海底トンネルなんですよ」

緒方さんの言によれば、山のトンネルには、その超大手の建設会社だろうと、女性は入れていないのだとか。理由は簡単だ。実際に女性を入れて、大きな事故が発生した事例が幾つもあるからだ。

「会議ではね、今の時代にそんなものが通用するかって話になるんですよ。大きな工事が入ると毎回ね。でも多分これはうちの会社では、ずっと変わらないと思いますよ。そのぐらい験を担ぐんです」

その話を興味深く聞いていると、緒方さんが、〈まぁ、このくらいなら怒られないかな〉と呟いて関根君のほうに向き直った。

「それじゃ、具体的に私が実際に立ち会ったことのある験担ぎの話をしますよ」

＊

「トンネル工事を始めるとき、といえばいいのかな。まずは入り口、坑門口っていうのを最初に作る訳です。そこから岩盤を掘り抜いていく訳ですが、その前に一つ儀式をするんですよ」

知らない分野の職人が話してくれる内容は、たとえそれが怪談じゃなかったとしても興味を引くものだ。

しかも、緒方さんは語りが上手く、関根君は話に引き込まれていった。

「――松の木の根っこでできた装飾といえばいいのかな。〈根曲りの松〉っていうものを、その工事の一番最初に用意するんです。これは松の根っこなんですけど、それがぐにゃーっと曲がってる奴。そういうのをトンネル工事をする山の中に入って探し回るんです」

緒方さんは工事担当者として山を歩き回り、いい形のものがあればそれを掘り出してきた。地上の部分は不要なので、そこは切り落とすのだと説明した。

「根っこがS字みたいな形になってるそれを、トンネルの入り口の上に、よく〈なんたらトンネル〉とか〈かんたら隧道《ずいどう》〉って書いてある額がありますでしょ。坑口銘板っていうんですけど。工事の間、あの場所に留めるんです。勿論験担ぎの一環なんですが」

つまり、その状態で工事をすると事故が起こらないと信じられているのだ。

験を担ぐとは、以前に良い結果となった行為を、因果関係とは関係なく繰り返し行うことだと関根君は考えている。そうすれば良い結果に繋がるだろうという期待はあっても、そこに科学的な根拠などない。だからこの〈根曲りの松〉の風習も、単なる迷信のようなものだ。

そう理解している。言い回しから判断するに、緒方さんも同様の立場のようだ。

緒方さんは続けた。

「銘板のあるところに留めるんですけど、この根曲りの松が、工事の期間中に、ずれたり動いたりしちゃいけない。詳しいことは説明しませんけど、固定する方法にも作法があるんです。ただ、簡単に言えば、ちゃんと工事の期間、しっかり留まっててくれればいいんで、例えば、かすがいというコの字型のステープラーの針みたいな金物を使って、ガンガン打ち込んで固定した上で、鎖で留めたりもするんですよ」

結論としては、とにかくがっちり留めろとのことらしい。

絶対に動いちゃいかん――と、作法として伝わっているのだそうだ。

それが科学的に正しいか正しくないかではない。

トンネルを掘る場合には、まず最初にそうするものだ。必ず守ることなのだ。そこに理屈などない。ある意味思考停止で受け入れるべき風習として伝わっているのだ。

「――結構前の話なんですけどね」

緒方さんは関東を中心に仕事をしていたが、あるとき、愛知県の現場に出張することに

なった

「大きな会社ですからね。ごく稀にですけど、交流の名目で、みんなで集まってどんちゃん騒ぎをして酒を飲もうということがあるんですよ。要は会社の経費で騒ぐっていうのをたまに催してくれる訳です。トンネルの現場は、事故とかで怪我したり亡くなったりすることもあるんで、会社のほうももしかしたら十分に慰労しないといけないって考えているのかもしれません。まぁ、それはともかく――」

当然、突然現れた部外者の緒方さんが工事に関わる訳ではない。

ただ交流会に参加するだけだ。

ただし、それにももっともな理由が用意されている。

今回は、竣工式に参加するとの名目だった。

実際にどんちゃん騒ぎになるのは竣工式を終えた後の交流会だ。

緒方さんをはじめとする関東から出張した面々は、竣工式前に現場に到着し、工事の様子を確認し始めた。これも仕事の一環である。

すると、坑門口の上にがっちりと取り付けてあるはずの根曲りの松が、不安定な形で留まっている。あれでは何かあったときに外れてしまうかもしれない。

明らかに緒方さんのチームが普段行っている様式と違う。

一応やりましたよという、おざなりな感じが見て取れる。

緒方さんは現場監督を呼んで、そのことを指摘した。

「あれじゃダメだよ。ここ事故るよ。ちゃんとやったほうがいいよ」

そう伝えると、監督はきょとんとした顔をしている。重要性を理解していないようだ。

もし、これで事故が起きたら、悔いが残りますよと緒方さんは伝えた。

「昔から言い伝えられてるんだし、そういうのを守ったってだけでいいんだったら、守りゃいいじゃん。大した手間でもないじゃない。ちゃんとしなよ」

そう一言残して帰ってきたという。


「でもどうもそのままだったらしいですね。それほど大きなトンネルではないので、工期も三カ月ほどと、非常に短かったはずなんですけれども、工事を始めたら酷かったって聞いています」

それでは明日から工事が始まりますということで、機材を全部並べていたところが、突然の土砂崩れで埋まってしまった。

無論それでは工事は始められない。並べた機材が全て土砂の下なので、これをまず回収する必要がある。

当然、工事の期限が遅れる。これだけでも大損害である。

やっと機材を回収して、今度は穴を掘り始めて半分まで行ったところで盤ぶくれが起きた。

「盤ぶくれっていうのはですね、トンネル工事とかだとよく起きるんですが、掘っていると、地盤の中の圧力が変わる訳です。今まで山の重さで押さえつけていたところに空洞ができるんで、そうすると土砂がその空洞、つまりトンネル本体ですよね。そこに噴出してくるっていう事故が多いんです」

緒方さんは話を続けた。

「半分以上掘ってたんですけど、全ての機材が中から吹き出された土砂に押し流されてしまった。掘った穴が土砂で全部埋まってしまった訳です」

そんな事故があったので、工期が三カ月ほどで終わるはずだったのが一年近く掛かった。

「勿論工事は一からやり直し。発注主からは大変に怒られるし、違約金は取られるしと散々。本当に酷かったらしいですよ」

緒方さんはそこまで話して一度言葉を区切った。

「単なる言い伝えなんだけれども、守れるものは守っといたほうがいいよねって話です」

その話を聞いていた関根君は、緒方さんに礼を伝えた後で、一つ質問をした。

「先ほど、緒方さんホームページ開いて、女性は山のトンネル工事に参加できないっておっしゃったじゃないですか」

「ええ。少なくともうちの会社では、暫く女性は参加しないと思います」

「それって、何かあったんですか」

関根君がそう訊ねると、緒方さんは困ったような顔をした。

「ああ、それねぇ。私が現場監督だったときにあったんですよねぇ――」

*

「山の工事に女の人が参加しないのは、やっぱり山の神様が女性だからですか」

「ああ、まぁそういう言い伝えはありますよね。醜女《しこめ》だから女の人が入ってくると怒って事故を引き起こす、みたいな奴ですよね。確かに元々はそういう話で女性を入れなかったんですが、私が担当していた工事で事故が起きまして。それ以降やっぱり迷信だったとしても、リスクは減らしたほうがいいってことになったんですよ」

「リスクですか」

「要は験担ぎです。験担ぎとかの非科学的なことでも、それを守らずに事故が起きたら、守らなかったせいだって考えちゃうじゃないですか。それも人が亡くなったりしたら、どうしてあのとき守らなかったんだってなりますよね。会社の側も職人を説得できなくなる。人が集まらなくなる。そうなると工事ができない。だからうちの会社は山のトンネル工事には女性を入れないんだと思います」

ロジカルだ。

実際に現場には験担ぎをする職人がいるのだから、会社の一存ではそれを変えられないということなのだろう。

「まぁ、これも随分と古い話になるのですが、とある県境に、長いまっすぐなトンネルを作ることになったんですよ。それの現場監督を任命されましてね」

関根君はその情報から、そのトンネルはここではないかと具体的な名前を出して訊ねると、緒方さんからは、「まぁ、そういうことにしておいてください」と、曖昧に躱された。

「現場監督として入ってはいるんですけど、私がやっていた仕事なんて日がな一日山を歩いて蛇を獲るぐらいしかなかったんですよ」

「蛇？」

余りにも意外な発言に、思わず鸚鵡《おうむ》返しで訊ねてしまう。

「現場監督なんてね、名前だけで何もすることないんです。だって、工事はシールド工法でやるから、プログラミングされたら、あとは機械がまっすぐ掘るだけなんですよ。現場監督が最前線で声を掛けながら、ツルハシを持った職人達がドカンドカン穴を掘るような時代じゃないんです」

それはそうだろう。

「オペレーターの人と、作業員の補佐の人が二、三人入ってる感じですよ。まぁ、正確に言えば当然ですけど、蛇を獲るのが仕事じゃなくて日誌を書くのが仕事な訳です。ただ、それじゃつまらないし、暇だし、やることがないから、毎日山の中に入るんですよ」

それで蛇を獲っていたのだとか。

そこまで聞いても、まだ関根君には、何故蛇なのかが理解できなかった。

「はぁ。それは分かりますけど。何で蛇なんですか」

「山の中には蛇がいっぱいいるので、それを捕まえてくるじゃないですか。皮を剥いて物干し竿に洗濯ばさみでぶら下げておくんです。そうしておくと、夜中に作業員の方々がそれを火で炙る訳です。要は山の中だから酒を飲もうにもつまみがないんです」

緒方さんは、毎日現場監督として、作業員の福利厚生の一環として、酒のつまみを作っていたということらしい。

「人里離れた山の中ですから。蛇に醤油を塗って、焼いてつまみにして酒を飲む、それぐらいしか楽しみがないんですよ。ああ、何か懐かしいです」

緒方さんはそこで一旦話を区切った。


「私は現場監督だったんですけど、大規模なトンネル工事には、工事責任者であるとか、もっと上の役職の人がいる訳です。勿論そんな偉い人達は現場には出てきませんよ。その方々のうちの誰かが思いついちゃったんでしょうね。今の時代、この現代の科学万能の時代に、何が山の神だと。バカなことを言うなって話になり、女性の工員を入れねばという流れになり、最終的に一人入れたんですよ」

現場の作業員は全員反対した。何故なら、もし事故が起きたとして、その事故で死ぬのは自分だからだ。責任者は現場に来ることもなく、坑道の中にも入らないのだ。

「そりゃもう工員達の剣幕といったら大変なもんですよ。現場監督を含めて、責任者連中は坑道に入らない訳ですから。あんたら責任取れんのか、何かあったときに死ぬのは俺達だぞってね。でももう会社側では決まっちゃったことですから、変えられなかったんでしょうね。君達この時代にそんなバカなことが起こる訳ないじゃないかって宥《なだ》めるようなことを言ってね、結局女性の工員を山の現場に入れてしまったんです」

色々と政治的なこととかも絡んでたんでしょうけどね。やめときゃ良かったんですよと、緒方さんは遠い目をした。


県境のそのトンネルは、大変長い距離を直線で繋ぐ計画だった。

実際の工事は、両端から最新のシールドマシンを使って掘っていく。

ただ、このトンネルを通す地盤は、工事前の地質調査が行われた時点で、既にはっきりと分かっていたことがあった。それは一部の地盤が脆《もろ》く、非常な難工事になるだろうという点だった。

「工事前から、やっぱり盤ぶくれが起きるだろうっていうことは分かっていましたからね。岩盤をシールドマシンでくり抜いた瞬間に、地盤の重量バランスとでも言えばいいんですかね。それが変わっちゃって、いきなりバーンと膨れてくるんです。それが起こりやすい場所だというのは分かっていたので、最初からちょっと掘る毎に、震度計を取り付けてたんですよ」

地盤の中にセンサーを差し込むようなタイプの震度計で、何か妙な振動が感じられたら、その場から工員が退避するという体制を敷いていた。

土中の圧力が変われば、微弱な電波も出るし揺れも出る。

センサーでそれらを検知すれば安全だ。

そういう理屈である。

「そうやってね、万全と思われるような安全対策をしていたし、最新式のシールド工法っていうのは、盤ぶくれを防止するために、掘ったところにどんどん速乾性のコンクリートを吹き付けて地盤を固めていくんです」

だから掘ったところは固まっているはずだ。

盤ぶくれが起こらないようにガチガチに固めながら少しずつ掘る。

そこまでやっていたのに事故が起きた。


「長いトンネルの中で、中に入っている工員は、先ほども説明しました通り、シールドマシンを担当している人間と、その補佐をする人間。合わせて三人くらいなんです。ただ、そこで事故が起きてしまった。地響きとともにドーンという凄い破裂音っていうのかな、轟音が響いてきました。それでトンネルの中から二人は走って出てきたんですが、一人がいつまで経っても出てこなかったんです」


辺りにはもうもうと土煙が上がっている。

一度崩れたのだから、また崩れるかもしれない。

つまり危険な状態が続いている。

このような場合に、安全対策として定説になっているのは、絶対に事故現場には近付いてはいけないということだ。今回であれば、被害者の安全を確認するために、トンネルの中に入るのは、自殺行為だというのだ。

「でもね関根さん。考えてみてほしいんですけど、中に入るなって言ってもこれは無理ですよ。入らない訳にいかないんです。現場の人間は百人いたら百人、絶対に入ります。危険だなんてことは百も承知でトンネルに入りますよ」

緒方さんは真面目な顔をして続けた。

「何故なら、そのときに自分が入らなかったら、次に何かあったときに自分が助けてもらえないからです。仲間を見捨てたとなったら、次は自分の番なんです。だから崩れるかもしれない、危険があるかもしれない、それこそ最悪命に関わるような状態があるかもしれないけれども、そこは覚悟の上で中に入るんです。もしかしたら中の人は生きてるかもしれない、怪我をして苦しんでるかもしれない。だからそのときも確認に入ったんです。監督である私も当然、救助に向かいました。そういうときのためにいるのが監督ですからね――」

工員の名を呼びながらトンネルの中を進んでいく。幸い、地響きのようなものは聞こえなかった。最低限の安全は確保できている。そう信じて進んでいく。

すると、坑道の中に崩落している箇所があった。幅二メートル長さ三メートルほどの大きさの岩盤が、真上から落ちてきていた。

周囲は土の臭いとともに、鉄の臭いが充満している。

血の臭いだ。

「――その巨大な岩盤の端っこから、人の指らしきものが見えているんです。そこを覗いたらね――大体このくらいでした」

緒方さんは、指先で一センチほどの隙間を空けて、関根君に見せた。

「辺り一面真っ赤でね。ぺっちゃんこになってました」

関根君は言葉を発することができなかった。

「長く広いトンネルの中で、ピンポイントにその人の上の岩盤だけがドーンと落ちたんです。で、一人死んじゃった。そりゃね、偶然だと言えば偶然ですよ。でもそんな偶然なんてどんな確率ですか。あり得ないんですよ。だから現場の人間としては、やっぱり女性を山に入れたからだってことになってしまう訳です。知らせを聞いて、責任者も飛んできましたけど、そこで吊るし上げみたいな感じになりました。作業員達に囲まれて、お前絶対に事故は起こらないって言ったじゃないかって――」

結局その責任者は左遷されたそうだ。そして、単に会社に言われて現場に入っていた女性工員は、彼女自身、全く悪いことをしていた訳ではなかったのだが、やはり現場を去ることになった。

それ以降、緒方さんの会社では、山の工事に女性を入れることはなくなったという。

あとがき「干支一周」

今年も皆様に新たな怪談本をお届けできることを嬉しく思います。

皆様どうもお疲れ様です。著者の神沼三平太です。

初めましての方は初めまして、そうでない方は御無沙汰しております。本書『隙窺いの路』を最後までお読みいただき、ありがとうございました。まだ最後までお読みでない方も、最後までぎっしりと怪異を詰め込んでありますので、どうぞお楽しみ下さい。

今回もまた一話がやや長い話を中心として編まれた書籍になっております。実際のところ、文庫本で二十ページを超えるような話は、なかなか別の書籍では書くことができません。単著は比較的自由が利くこともあり、しっかりと細部まで書けるのが有り難いです。発表の機会を与えていただけて本当に感謝しております。

さて、そんな訳で、まずは良い話から。

年末年始を贄として怪談執筆に捧げて書かれる単著シリーズも本書で十二冊目となり、とうとう干支が一周しました（十六年のキャリアで十二年連続です）。

過去のどの本に収録された話も、〈死ぬ・消える・終わる〉に代表される不穏な話ばかりです。収録話数は合計で二百七十余話ほどになりました。よく書いたものだなと自分でも思います。

きっと今後も続きますので、読者の皆様におかれましては、健康に御注意の上、今後とも末長く楽しんでいただけましたら幸いです。

※　※　※

それでは悪い話を。神沼の個人的な話になります。

目がね、とても悪いんですよ。

そうなんです。久しぶりに体調関係の話です。

霊障とかではないです。多分。恐らく。きっと。そうだといいな。

最初の違和感は、書斎の照明が暗く感じるという点でした。書斎のシーリングライトは蛍光灯でしたのでそろそろ劣化したのかなと、ＬＥＤが眩しいほどのシーリングライトに交換してみたりもしたのですが、どうにも違和感が取れないのです。

どうしたのかな、困ったな——。

そこで眼科に向かいました。

実は小生は昔から左目の視野の中央が大きく歪んでいる（黄斑変性という病気らしいです。加齢性のものが多いようですが、若い頃からです）ので、そもそもあまり視力は良くないのですが、検査の結果、緑内障が進行しているということでした。

緑内障というのは高い眼圧で次第に視野が欠けていくという病気で、放っておくと最終的に失明するというものらしいです。しかも元に戻らないそうです。

そこで病気がどこまで進んでいるか、視野検査を行うことになりました。

その結果、残念ながら現時点で両目とも上半分の視野がほぼ欠損している。つまり見えていないということが分かりました。そりゃ光が半分しか感じられないのなら、世の中暗くなる訳だと納得した次第です。

緑内障は中期までは自覚症状が起きづらい病気で、小生も後期になって相当進行したことで自覚症状が出たということです。

今はこれ以上視野の欠損が進まないように、毎日朝晩と眼圧を下げる目薬を点《さ》しております。ちゃんと眼圧を下げないと、最悪失明ですからね。そうならないように頑張ります。

まだ書きたい話もたくさんありますからね。

皆さんも健康にはくれぐれも御注意下さい。

※　※　※

それでは最後に例年通りではありますが、感謝の言葉を。

まずは何より体験談を預けて下さった皆様。取材に協力して下さった皆様。くじけそうなときに励ましてくれる怪談愛好家の仲間たち。生温かく見守ってくれる家族。そして本書をお手に取っていただいた読者の方々に最大級の感謝を。

今回も死臭が濃い本になりました。

皆様くれぐれも御自愛下さい。それではお互い無事でしたら、またどこかで。

二〇二五年立春　　神沼三平太

怪奇異聞帖 隙窺いの路

2025年3月7日　初版第一刷発行

著者……神沼三平太

カバーデザイン……橋元浩明（sowhat.Inc）

発行所……株式会社 竹書房

〒102-0075　東京都千代田区三番町8-1　三番町東急ビル6F

email: info@takeshobo.co.jp

https://www.takeshobo.co.jp

印刷・製本……中央精版印刷株式会社